湖畔的謊言

レイクサイド

東野圭吾

王蘊潔 譯

Chapter 1

1

飄浮在前方天空中的雲就像是髒掉的棉花，鮮亮的藍色從雲層縫隙中探出頭。

並木俊介左手離開方向盤，揉了揉右側肩膀，然後又換手握住方向盤，揉了揉左肩。最後左右轉動腦袋，聽到脖子發出了咔咔的聲音。

他駕駛的日產西瑪轎車以超過時速限制整整二十公里的速度，行駛在中央自動車道這條高速公路上，汽車收音機中傳來了因為中元節返鄉造成塞車的路況報導，但和往年相比，各地的塞車情況並不嚴重。

他下了高速公路，離開收費站後，拿出手機。在等紅綠燈時，找出了聯絡人名字登記為「ＥＴ」的號碼。

他試著撥了電話，但是對方的電話轉接到語音信箱。他忍不住嘖了一下，把手機放回長褲口袋。

他不時看向導航系統的螢幕，在一般道路行駛了一陣子。車子很快駛入了兩側都是樹木的林蔭道，道路呈現和緩的弧度。林蔭道的盡頭有一座小型美術館和餐廳，房子的外形都很漂亮，充滿異國風情。

俊介看到了距離姬神湖別墅區還有數公里的告示牌，輕輕吐了一口氣。告示牌上顯示的距離數字越來越小，最後出現的告示牌上寫著「姬神湖別墅區左轉」的文字。他轉動方向盤，將深藍色西瑪駛入了周圍都是樹林的小路。

別墅區內有許多小路，像迷宮般延伸。別墅並沒有太密集，鬱鬱蒼蒼的樹林中，只看到零星幾棟房子。

路旁有一小塊空地，那裡並排停了三輛車，分別是銀灰色的賓士、深藍色的ＢＭＷ，和一輛紅色休旅車。三輛車子都是車尾對著馬路。

俊介把自己的車子也停在空地上，拿起原本放在後座的行李袋和白色西裝外套後下了車。關上車門後，穿上了西裝外套。

空地旁有往下的階梯，階梯前方有一棟深棕色的房子。周圍是一片樹林，別墅彷彿沉入了綠色的海洋。

正當他準備沿著用大石頭隨意排列而成的階梯往下走時，隱約聽到了女人的聲音。他轉頭看向聲音的方向，發現那裡是一個網球場。

俊介緩緩走向網球場。用鐵絲網圍起的球場上有四名男女，正在進行二對二的混合雙打。

他站在鐵絲網旁，拿下了剛才一直戴著的墨鏡。一對男女背對著他，站在他的前方，似乎對另外兩個人手下留情，身材苗條的女人站在球場角落，正用球拍拍著球。

她正打算把球拋起時，眼角掃到了俊介，視線停在俊介臉上，同時動作也停了下來。其他三名男女也察覺了異狀，同時看向俊介。

「等我一下。」

她向其他人打了一聲招呼，拿著球和球拍，沿著球場外側走向俊介。兩個人隔著鐵絲網面對面。

「沒想到你這麼早就到了。」她的呼吸有點喘。

「因為我提早處理完工作。」

其他三個人也走了過來。

「妳先生嗎？」身材嬌小的女人問。她有一張圓臉，臉上的妝很濃。

「對。」身材苗條的女人點了點頭。

「我是並木，」俊介鞠躬打招呼，「美菜子和章太平時一直承蒙照顧。」

「你太客氣了，大家相互照顧。」看起來五十歲左右的男人說，他的頭頂已經有不少白髮，用固定繫繩固定住金框眼鏡。「我是藤間，她是我太太一枝。」

「妳好。」俊介向一枝點頭致意。

「我是坂崎。」和美菜子搭檔的男人向俊介打招呼。他看起來不到四十歲，五官充滿英氣，身體也很緊實。

坂崎對藤間說：「既然並木先生已經到了，要不要結束了？我們也差不多要開始準備晚餐了。」

「好啊，而且也需要一點時間沖個澡。」藤間對他的太太說。

「我還想稍微躺一下。」

「誰叫妳一把年紀了，還把自己操得這麼累。所以我剛才就說，不要混合雙打。」

「但是很好玩啊，對不對？」一枝尋求美菜子的贊同。

美菜子點了點頭，坂崎在收拾東西的同時說：「你太太大有進步，靈活度和以前完全不一樣了。」

「是嗎？我也開始有點自信了。」

「坂崎先生，你別再捧她了，你這樣助長她的威風，我會很傷腦筋。」

坂崎和美菜子聽了藤間的話，都忍不住笑了起來。俊介站在場外，低頭看著自己腳下。

「這種時候，就很想先喝杯啤酒。」藤間一走進別墅的客廳，就立刻說道。他的脖子上掛著運動毛巾。

「不行，已經立下規定了，除了晚餐時間以外禁止喝酒。」

「我知道，只是說說而已。嘴上說說並沒有違反規定吧？」

客廳鋪著木頭地板，中央有一根只剝除樹枝外皮的粗大柱子，這根柱子一直頂到挑高的天花板。

柱子旁有一張大木桌，藤間夫婦面對面坐了下來。客廳角落的 L 字型吧檯桌內是廚房，坂崎打開了冰箱。

「你們要喝什麼？有運動飲料、果汁、烏龍茶、罐裝咖啡，幾乎所有的飲料都有。」

「我要咖啡。」

「那我要烏龍茶。」

坂崎把咖啡和烏龍茶放在吧檯桌上時問：「美菜子呢？」

俊介瞪大了眼睛看著他們兩個人的側臉。美菜子坐在吧檯桌前的高腳椅上，她的網球裙很短，整條大腿幾乎都露了出來。

「我還是喝果汁吧。」

「ＯＫ，呃，」坂崎看向俊介問：「你要不要喝什麼？」

「不，我不用。」

「你不必客氣，這裡的飲料都是大家出錢買的。」坂崎露出潔白的牙齒笑著說。

「不，我真的不用。」俊介輕輕舉起了手。

「並木先生，你請坐，一路開車過來很累吧？」藤間對他說。

俊介向藤間點頭致意，在他斜對面坐了下來。

「這次我們一家人都來打擾，真的很不好意思。」

「別這麼說，我們只是提供場地而已，請你不必這麼客氣。」藤間在臉前搖著手說。

「謝謝。」俊介再次低頭道謝。

坂崎像餐廳的服務生一樣，把飲料送到每個人面前，最後回到了美菜子坐著的吧檯前。

「並木先生，美菜子經常在我們面前提起你。」藤間一枝淡淡地笑了笑。

「是嗎？真好奇她說了什麼。」俊介看向美菜子，美菜子只有嘴角露出一絲笑意。

「說了不少喔。」一枝瞥了丈夫一眼，笑著開始喝烏龍茶。

俊介注視她片刻後，自言自語地問：「呃，小孩子都在哪裡？」

「目前正在用功讀書。」藤間看著牆上的時鐘說，復古的圓形木掛鐘正指向下午四點。

「之後呢？」

美菜子回答了這個問題，「六點吃晚餐，晚餐之前是戶外活動時間。」

「戶外活動？」

「既然來到空氣這麼棒的地方，當然也要讓這幾個孩子好好感受一下。如果一整天都關在房間裡讀書，壓力會很大。」藤間向他說明。

「一整天……你是說他們從早上就開始讀書嗎？」

「這是幾個孩子一天的課表。」俊介的身後響起一個聲音。

坂崎指著入口的門，那裡貼了一張紙，上面寫了一天的課表。

「七點半起床，吃完早餐後稍微休息一下，九點半到十二點都在讀書嗎？他們一大早就要起床，真辛苦啊。」

「因為據說早晨的學習效率最佳。」藤間插嘴說，「這樣的安排已經很輕鬆了，我原本提出更早起床，上午可以有四個小時的讀書時間。」

「但這是津久見老師排的課表。」他太太出面打圓場。

「所以我也同意了啊。」

俊介將視線移回課表。下午從一點半到四點都是讀書時間，晚餐後是自由活動時間，但九點到十一點熄燈為止是自習時間。

「他們在哪裡讀書？」

「在前面那棟別墅，走路很快就到了。」藤間回答。

「這樣啊。」俊介再次看著他的臉問：「那裡也是你的嗎？」

「不是、不是，」戴著金框眼鏡的男子搖了搖單薄的手掌說：「那裡是租的，是很漂亮的小木屋。」

在廚房吧檯前喝果汁的美菜子重重嘆了一口氣說：

「因為和父母在一起，小孩子就會撒嬌，也無法專心讀書，所以就決定另外租一棟別墅。我在出發前就已經告訴你了，你根本沒聽我說話。」

「原來是這樣啊。」俊介歪著頭，露出討好的笑容。

「必須盡可能為孩子提供良好的環境，」藤間說完這句話，聳了聳肩，「當然在此之前，還有更現實的問題。因為這棟簡陋的別墅太小了，沒辦法容納四個家庭。」

「你太謙虛了，這棟別墅是這一帶最氣派的房子。」坂崎略微提高了音量，

「我還和我老婆說，藤間醫院院長的別墅果然不一樣。」

「沒有沒有，如果再大一點就好了。我原本是這麼打算的，但是我老婆有意見。」

「啊喲，我哪有什麼意見？當初是你說，反正只有我們一家人住，這樣的大小剛剛好。」

「是誰說房子太大，打掃起來會很辛苦？」

「那是因為你說這樣的大小剛剛好，所以我才補充說，房子太大，打掃起來也很辛苦。」

「是這樣嗎？」

「好了，好了。」坂崎笑著攤開雙手。

俊介看向窗外，可以看到旁邊的網球場。

「話說回來，現在的小孩子讀書也和我們以前不一樣了，我們小時候根本無法想像在避暑勝地租別墅舉辦衝刺夏令營這種事。」俊介說。

正在喝罐裝咖啡的藤間停下手，面帶笑容看著他說：

「並木先生，聽說你反對章太讀私立中學。」

「不，談不上反對。」俊介瞥了美菜子一眼，繼續說了下去，「我只是對為了考上私立中學，要讓孩子讀得這麼辛苦到底有沒有意義這件事產生疑問而已。如果是孩子自己想要讀，當然就另當別論，但父母擅自為孩子決定他們要讀的學校，真的是為孩子著想嗎？」

藤間用力點了點頭說：

「你的想法很標準，我所說的標準，是指普遍的意思。」

「普遍……嗎？」

「很多家長的想法都和你一樣，認為應該由小孩子自行決定要讀什麼學校，不該由父母為他們決定，但這種想法大錯特錯，父母必須為孩子決定他們要讀的學校。至少在要不要考私立中學這件事上，不是由孩子決定，必須由父母為他們決定，不能完全交給小孩子決定。」

「是嗎？」

「你認為十一、二歲的小孩子，會考慮到自己的未來，主動要求讀私立中學嗎？所有小孩子都討厭讀書，如果交由他們自己決定，他們當然會選擇走輕鬆的路。父母必須考慮到孩子的未來，認真思考該讓他們接受什麼樣的教育，然後為他們做出決定。因為除了父母以外，沒有人會為孩子作決定。」

一枝一臉贊同地點了點頭。俊介的眼角掃到美菜子和坂崎也都在點頭。

「我能夠理解你要表達的意思，但私立中學有入學考試，而且考試很難，如果事先不用功讀書，就根本考不上。我不認為在他們年紀還這麼小的時候，讓他們陷入這種考試地獄對他們的人生有正面幫助，小孩子就應該讓他們自由成長。」

俊介說到一半時，藤間看著美菜子，露出了苦笑。

「小孩子為了參加私立中學的入學考試，的確必須犧牲很多東西，因為入學考試就是競爭。私立中學的入學名額有限，學校方面當然希望優秀的學生入學，為此就必須用考試的方式進行篩選。既然學校方面舉辦了篩選考試，我們的孩子就必須努力贏得入學資格。這就是競爭，社會不就是建立在競爭原理的基礎上嗎？並木先生，我記得你是藝術總監？」

「嗯，是啊。」

「藝術的世界不也一樣嗎？一切都是競爭，讓小孩子自由成長當然很好，但不是應該從小教導他們，如果想要得到機會，就必須刻苦努力，在競爭中獲得勝利嗎？」

俊介把手肘放在桌上，輕輕低吟了一聲。

「而且，」藤間喝了一口咖啡潤了潤喉，繼續說下去，「你似乎認為為了參加入學考試用功讀書是一件不健康的事，但事實並非如此。」

「是嗎？」

「每個孩子的能力性質和種類不一樣，必須向孩子提供各種機會，才能夠瞭解孩子的適性。比方說，讓小孩子學才藝，或是做運動就是有效的手段。我認為考私立中學是激發孩子潛能的機會之一，為了準備考試而讀書，就和練習棒球、足球一樣。即使你聽到有家長沒有事先問小孩子的意願，就安排小孩子去學游泳，也不至於產生排斥吧？這次的夏令營，如果是足球俱樂部的夏令營，有足球天分的孩子來這裡參加夏令營，你應該就不會感到不開心。」

「不是已經有學校這個讀書的地方嗎？」

藤間聽了俊介的反駁，搖了搖頭說：

「我認為如果學校上的課太淺，孩子無法充分發揮潛力時該怎麼辦。原本可以將他們的能力提升到更高的層次，結果就因為這個原因遭到埋沒，不就是家長的懈怠嗎？」

藤間雖然一臉溫厚，但說話的語氣充滿自信。俊介低吟了一聲，撥了撥劉海說：

「藤間先生，你似乎對令郎的學習能力很有自信。」

「我並沒有自信，」藤間笑了笑說，「但是充滿期待，也許他可以有超越平均水準的成就。對自己的孩子抱有期待沒問題吧，反正不會造成任何人的困擾。」

「那當然。」

「我也對章太充滿期待。」一旁的美菜子也插嘴說。

「我也一樣啊。」

「既然這樣，就努力讓期待變成現實。因為我們有經濟能力可以支持這些孩子。」藤間輕輕揮動拳頭。

俊介不置可否地點了點頭。

「老公，要不要先去換輕鬆的衣服？我也想要換下這身衣服。」美菜子用手指抓著身上的網球服說。

「喔，好啊。呃……」

「為你們準備的房間在樓上，請自由使用。」藤間指了指樓上。

並木夫婦一走出客廳，藤間就忍不住竊笑起來，身體也跟著搖晃。

「真是典型的普通人，之前聽說他是藝術家，還以為他的想法很有彈性。」

「聽到他說要讓小孩子自由成長，我真是太傻眼了，還說什麼已經有學校這個讀書的地方。」坂崎也苦笑著。

「難怪美菜子會抱怨，雖然他自認為是無干涉主義，但其實只是放棄責任。」藤間喝完一罐咖啡，在桌子上發出了鏘、鏘的聲音。

「話說回來，這也情有可原，畢竟……」一枝看著坂崎，坂崎沒有回答，一臉苦笑地低下了頭。

「妳是說，因為不是他的親生兒子嗎？」

「我認為不可能沒有關係，他一定不想介入太多。」

「既然這樣，那就乾脆不要發表意見，章太的事，全都交給美菜子處理就好。」

「平時好像都是這樣。」坂崎說，「所以美菜子說，沒想到他這次會來參加。」

「這樣啊，那不知道是什麼風把他吹來的。」

「可能只是心血來潮。」

「也可能只是想要在美菜子面前做做樣子，藉此表示自己也很關心兒子。」

藤間伸手拿了八角窗上的菸灰缸和香菸，拿出一支菸，在菸盒上敲了敲。「對了，」

他點了菸，吐了一口煙後問：「藝術總監到底是做什麼工作？」

2

並木夫婦被安排在二樓的其中一個房間，房間差不多四坪左右，放了兩張單人床，牆邊有一個當桌子使用的小櫃子，上面放了一個陶瓷檯燈。

「我們一家三口睡在這裡嗎？」俊介問美菜子。

「章太睡那裡。」

「妳是說那棟租來的別墅嗎？」

「對，因為畢竟是夏令營，和家庭旅行不一樣，更何況你有辦法配合他的熄燈時間嗎？」

「只有小孩子睡在那裡嗎？」

「津久見老師也會陪他們睡在那裡，還會有一個大人值日。我記得今天晚上是坂崎先生，你不必擔心，不會叫你去陪他們。」

「這樣啊。」俊介用指尖抓了抓臉頰。

美菜子坐在其中一張床上。

「我真的沒想到你願意來參加。」

「是嗎？」

「我昨天還在想，你是不是只是心血來潮。」

「我來這裡有什麼問題嗎？」

「那倒不是，只是感到意外。因為你之前完全不干涉章太升學的問題，但是我很慶幸你來了，因為我希望你能夠更深入瞭解考私立中學這件事。藤間先生剛才說的話，有沒有參考價值？」

「我充分瞭解了你們的想法，但要我馬上接受，恐怕也很難做到。」

「我並不指望你馬上接受，只要瞭解這些情況就好，然後默默地守護我和章太。」

「默默地……」

俊介站在窗邊，打量著窗外的情況。從樹枝的縫隙中，可以看到來這裡的路。

「其他人在哪裡？不是還有另一對夫妻嗎？」

「關谷先生他們在租來的別墅那裡協助津久見老師。因為在出發前就已經決定，每對夫妻輪流協助津久見老師，我記得也有——」

「嗯，我知道，妳有告訴我。」俊介擺了擺手。

他們走出房間下樓梯時，聽到玄關的門鈴響了。

「不知道是不是靖子，門應該沒鎖啊。」

美菜子走向玄關，俊介走去客廳。藤間和坂崎正在客廳下西洋棋，不見一枝的身影。

俊介正打算在坂崎身旁坐下時，客廳的門打開了。

「老公，你公司的人來找你。」美菜子說。

「找我？」俊介指著自己，「是誰啊？」

美菜子還來不及回答，她身後出現了一個年輕女人。那個女人身材高䠷，一頭長髮。

「午安。」女人面帶笑容，鞠了一躬說道。

「啊……高階……」

「你忘了帶資料，如果沒有這份資料，你不是沒辦法在這裡工作了嗎？」她遞上一個大號的牛皮紙信封。

俊介接過信封，打開看了一下。裡面有幾張照片和像是廣告單的東西。俊介看著她，她仍然面帶微笑。俊介吞了口口水後開口：

「是啊，沒有這份資料就慘了，謝謝妳特地為我送來。」

「不客氣，這裡真漂亮。我以前都不知道有這麼出色的地方，東京簡直就像蒸籠，能夠在這麼涼爽的地方，而且住在這麼漂亮的別墅，真是太令人羨慕了。」她說完這句話，轉頭看著美菜子說：「並木太太，妳先生這麼溫柔體貼，妳真幸福。」

「妳在說什麼啊，」俊介強顏歡笑，「我沒告訴妳嗎？我們並不是來這裡玩，是陪小孩子來參加衝刺夏令營。因為這幾個孩子都要考中學了。」

「啊喲，原來是這樣啊。」

「我記得曾經和妳提過這件事。」

「但是你們大人並不用讀書啊，那不是一樣嗎？對不對？」她徵求美菜子的同意，美菜子苦笑著。

「事務所的情況怎麼樣？沒有因為我不在，影響大家的工作吧？」

「目前暫時沒有問題。」

「但是連妳也來到這裡，其他人應該都很無奈吧。」

年輕女人聽了俊介的話，噗哧一聲笑了起來。

「你不必擔心，我馬上就走了。並木先生，你就好好享受別墅生活。」她又向正在下西洋棋的兩個男人深深鞠了一躬，「不好意思，打擾了。」她的一頭長髮披在無袖洋裝露出的肩膀上。

「這麼快就要回去了嗎？」坂崎微微站了起來。

「要不要喝杯茶再走？或是喝點涼的？」藤間也慌忙問道。

「不，我只是來送資料的。」女人搖著雙手，然後抬眼看著俊介說：「那就公司見囉。」

「嗯，辛苦妳了。」

「打擾了。」她又說了一次，然後走向玄關。俊介追了上去。美菜子也跟了過來。

「那份報告的情況如何？」女人正在穿涼鞋，俊介對著她的背影問道。

「報告？」

「就是那份報告啊，妳不是正在為我調查嗎？」

「喔喔，」女人點了點頭，「進展很順利，改天再向你報告。」她瞥了美菜子一眼，說了聲「告辭了」，走出了門外。

「她特地送來這裡，想必是很重要的資料。」美菜子看著俊介手上的信封說，「現在不是可以用電子郵件傳資料嗎？」

「有些資料沒辦法用電子郵件。」

俊介快步衝上樓梯，把信封丟在一旁，從西裝外套口袋裡拿出了手機，再次撥打了「ＥＴ」的電話，但是和剛才一樣，電話轉接到語音信箱。他把手機丟在床上。

高階英里子（Takashina Eriko）離開別墅後，走在別墅前的那條路上。走到一半時，從皮包裡拿出了墨鏡戴了起來，順便打開了手機的電源，進入了語音信箱。聽到「沒有語音留言」的聲音，她微微笑了笑，掛上了電話，然後再次關機，放進皮包。

道路兩旁有幾棟相似的別墅，但是這些房子看起來都沒有人住。

她看到一小塊空地，種了兩棵櫟樹，其中一棵樹上掛著舊吊床，旁邊還有兩個可以坐人的樹樁。

道路左側有一棟小木屋，幾個小孩蹲在屋前。他們手上都拿著素描簿，旁邊的一對中年男女看起來閒得發慌。

不遠處有一個年輕男人正在修理登山車，英里子走過去打招呼。

「你好。」

男人嚇了一跳，停下了手，抬頭看著她。

「啊……妳好。」

「腳踏車故障了嗎？」

「也不是故障，只是騎起來有點不太順。」男人用搭在肩上的毛巾擦了擦汗，「請問妳也住在附近的別墅嗎？」

「不，不是，我只是有事來找這裡的朋友。」

「喔……這樣啊。」

「那些小孩子在幹嘛？」

「他們在寫生，暑假作業的內容。」

「啊喲，所以其中也有你的孩子？」

「不不不，」他笑著搖了搖頭，「我是補習班老師，他們舉辦衝刺夏令營，所以找我來這裡。」

「衝刺夏令營？這樣啊，聽起來真有意思。」她在旁邊的長椅上坐了下來。

「那個女人是誰？」關谷孝史抬頭看向道路的方向，一對男女坐在路旁的長椅上。

「可能是津久見老師的朋友。」關谷靖子說。

「為什麼他的朋友會來這裡？」

「我怎麼知道？」

關谷舉起手上的望遠鏡，靖子對他說：「你別這樣。」

望遠鏡聚焦在女人的臉上，沒想到隔著望遠鏡和女人對上了眼。女人笑著舉起一隻手，關谷也忍不住放鬆了臉上的肌肉。

「她很漂亮，身材也很好。」

「即使你再怎麼垂涎，也只能吞口水。」靖子拿下了他的望遠鏡。

「不知道是不是津久見的女朋友。」

「應該不是，聽說他女朋友很嬌小，而且應該不會來這裡。」
「有道理。」
「等一下問津久見老師就好了，但是我覺得你還是別抱有不切實際的期待。」
「我並沒有抱什麼期待，先不說這件事。」關谷瞥了一眼幾個孩子後，壓低聲音問：「不知道那件事怎麼樣？」
「哪件事？」
「妳明知故問，妳不是也很期待嗎？妳不是還說要邀美菜子一起參加嗎？」
靖子抬眼瞪著他說：「你對美菜子真是執著。」
「我不是這個意思。」
「那是什麼意思？」靖子撇著嘴角笑了起來，關谷把頭轉向一旁，抓了抓下巴。
「聽說她老公會來。」
「她老公？妳是說美菜子的老公嗎？」
「是啊，搞不好已經到了，所以你就死心吧。」
「這樣啊，原來她老公來了。」關谷噘著嘴，輕輕點了點頭。
靖子離開了他，走到一名少年的身後。

「章太，你果然畫得很好，不知道是不是受爸爸的影響。真希望晴樹也可以像你畫得這麼好。」

關谷也輪流看著小孩子的畫，但是並沒有發表任何意見。他不時拿起望遠鏡，抬頭看向坐在長椅上的兩個人。

從望遠鏡中看到的那個女人臉上收起了剛才親切的笑容，坐在她旁邊的津久見的表情也嚴肅起來。關谷拿下了望遠鏡，側著頭感到納悶。

3

並木俊介在房間內用筆電工作，美菜子沒有敲門就走了進來。

「老公，吃晚餐了。」美菜子說話的語氣冰冷。

「已經這麼晚了啊。」他把筆電關機後看向窗戶，窗外已是一片夜色。

「你不要一到這裡就開始工作。」

「已經完成了。」他站了起來。

走下樓梯時，聽到客廳內傳來熱鬧的聊天聲音。美菜子打開門，率先走進了客廳。

面向院子的落地玻璃門敞開著，藤間和其他人都在院子裡。客廳內只有兩個女人，兩個人都圍著圍裙，其中一人是藤間一枝。

「靖子，我來為妳介紹我老公。」美菜子對其中一個女人說。那個女人很高，有點中年發福，正準備把前菜端去院子，聽到美菜子的聲音，立刻把托盤放回桌上。

「我是關谷，很高興認識你。」女人笑著向俊介打招呼。

「經常聽我太太提起妳，謝謝妳一直照顧她。」

「是我經常麻煩她，以前讀女子大學時，美菜子就經常幫我。」關谷靖子說完，對著美菜子吐了吐舌頭。

原本在院子裡的男人走了過來。他很瘦，髮際線已經後退，臉上帶著笑容。

「我是關谷，呃，我好像沒帶名片。」他在長褲口袋裡摸索著。

「我是並木，今天承蒙各位照顧，真的很不好意思。」

「反正大家輪流，你不必放在心上，很快就輪到我們被你照顧了。」

「聽說你從事建築方面的工作，最近景氣還好嗎？」

「不行，可能還要苦撐一段日子。」關谷誇張地皺起眉頭。

一個年輕男人站在闕谷身後，他也抬頭看著俊介。

美菜子在一旁插嘴說：「老公，這位是津久見老師。」

「喔喔，原來如此。」俊介點了點頭。

「請多指教。」年輕人鞠躬向俊介打招呼。

「章太承蒙你的照顧，希望沒有造成你太大的困擾。」

津久見搖了搖頭，收著下巴，抬眼看著俊介說：

「章太很優秀，功課也很好，完全不需要我費心，應該是兩位家長的教育很成功。」津久見嘴角露出淡淡的笑容，但臉上的表情很嚴肅。

「我什麼都沒做。」俊介苦笑著說。

「但這次不是在百忙之中，還特地抽空來這裡嗎？」津久見說，「如果不是熱心孩子教育的人，不可能這麼用心，還是有什麼其他目的？」

俊介收起了苦笑，看著補習班老師的臉說：「那倒不是……」

「對啊，所以這就代表章太有一個好爸爸。」

俊介再度露出不置可否的笑容，微微歪著頭。

「不好意思，我來晚了。」俊介的背後傳來一個聲音，坂崎帶著一個女人走進客廳。女人的五官就像日本人偶，但臉色蒼白，穿了一件長洋裝。

「君子，妳還好嗎？」美菜子擔心地問。

女人淡淡地笑了笑，點頭說：「我沒事，對不起，都沒有幫忙。」她無力地小聲回答。

「沒關係，妳的燒退了嗎？」

「現在應該不到三十七度，我想應該沒問題了。」坂崎代替她回答。

「不要太累了，妳想睡多久都沒問題。」藤間從院子走過來說。

「謝謝，但是整天躺在床上，就失去來這裡的意義了。」她的視線停在俊介的臉上，「請問、你是美菜子的……」

「我是並木。」俊介向她鞠了一躬，然後像剛才和其他人一樣寒暄了幾句。坂崎君子昨天就生病了，今天早上到現在都一直在休息。

「聽說她向來體弱多病。」從坂崎夫婦身邊走開後，美菜子對俊介咬耳朵說。

就在這時，玄關的門鈴響了。所有人都面面相覷。

「啊，可能就是那位客人。」津久見自言自語地說完，看著藤間說：「就是我剛才和你提過的。」

「喔喔。」藤間輕輕點頭。

津久見走去玄關後，俊介問美菜子：「客人是誰啊？」

「不知道。」她也歪著頭。

津久見很快走了回來。俊介看到跟在他身後走進來的人，不禁瞪大了眼睛。因為竟然是高階英里子。

「歡迎歡迎。」藤間親切地招呼著。

「我厚著臉皮來打擾了。因為聽津久見先生他們聊了之後，覺得似乎很好玩。」

「我們才要謝謝妳，有年輕漂亮的女生加入，一定會更開心。」關谷也加入了討論。

「咦、呃、那個……」俊介看了看英里子，又看向藤間和其他人，「這是怎麼回事？妳不是剛才就回去了嗎？」

「我原本打算回去，但中途遇見了津久見先生和關谷先生，和他們聊天時，他們盛情邀請我留下來吃晚餐。」英里子面帶微笑，巡視著在場的所有人。

關谷向其他人解釋，「她不是特地幫並木先生送忘記帶的資料嗎？既然來到空氣這麼好的地方，就這樣回去未免太可憐了，至少希望她可以在這裡好好享受一個晚上。」

「一個晚上？妳要住在這裡嗎？」俊介問英里子。

「張羅睡覺的地方很簡單。」藤間插嘴說，「並木先生，你可能不想被公司的同事看到自己的私生活，但不妨認為高階小姐是我們的客人。」

「但是——」

「哇，太開心了。」坂崎語帶輕浮地說，「我剛才就覺得妳這麼快就回去很可惜，有妳的加入，烤肉派對就有了新鮮味。」

「啊喲，真是不好意思啊，我們都是讓你看膩的老面孔。」

關谷靖子的發言逗笑了好幾個人。

俊介默默看著英里子。她也看著他，露出了意味深長的笑容。

4

晚餐在客廳和院子裡烤肉，因為小孩子只有吃飯時可以和父母在一起，所以很自然地以家庭為單位坐在一起。

「讀書還順利嗎？有完成進度嗎？」俊介問正在吃烤肉串的章太，他們並排坐在啤酒箱上，美菜子在不遠處拿飲料給其他人。

「嗯，還可以啊。」章太用沒有起伏的聲音回答，他一頭超過耳朵的長髮是美菜子喜歡的髮型。章太手長腳長，脖子也很細。

「從早到晚讀書很累吧？」

「但也沒辦法啊。」章太說話時頭也不抬。

俊介拿著罐裝啤酒，把嘴巴貼在章太的耳朵旁說：

「入學考試並不重要，如果你不想讀私立中學也沒有關係，不需要勉強自己做不喜歡的事。」

章太沒有反應，他拿著烤肉串，低頭不語，然後聽到了他吸氣的聲音，但這個十一歲的孩子只是嘆了一口氣。

俊介尋找英里子的身影。她正和坂崎開心聊天，手上拿著葡萄酒杯。

「她到底想幹嘛？」美菜子不知道什麼時候來到俊介身邊，在他耳邊說，「先是特地來這裡送你忘記帶的資料，然後又突然出現在這裡。」

「妳不知道她受到邀請這件事嗎？」

「我不知道啊。」

「我也以為她馬上就離開了。」

「即使別人邀請她，她真的厚臉皮地跑來參加，也未免太不識相了。津久見老師他們邀請她參加也只是客套而已。」

俊介默默喝著啤酒。

坂崎離開了英里子身旁，英里子瞥向俊介的方向。俊介站起來走向她。美菜子正在和關谷靖子聊天。

「這些朋友都很開心。」英里子抬眼看著俊介。

「妳的手機為什麼關機？我打了好幾次電話。」

「是嗎？但是我想說你應該不會有什麼急事要找我。」

「算了，這不重要，但這是怎麼回事？」

「有什麼問題嗎？」

「當然有問題啊，妳來這裡到底有什麼目的，還不惜說謊，說我忘了帶資料。妳是怎麼跟事務所的人說的？」

「我向事務所請了假，我只是按照你的指示行事，沒想到你竟然會罵我。」

「我的指示？我不記得有叫妳來這裡。」

「但不是還有那件事嗎？」

「那件事，」俊介看了一下四周，壓低了聲音說：「我的確交代妳辦那件事，但妳沒必要來這裡啊。相反地，有些事反而可以趁他們不在家的時候好好調查。」

「所以嘛，」從英里子的嘴唇之間，可以看到她粉紅色的舌頭，「該調查的事我全都調查了，最後來這裡收尾。」

「所以有掌握了什麼事嗎？」

「應該吧。」英里子微微揚起單側的嘴角。

「對方是誰？果然是津久見嗎？」雖然俊介說話很小聲，但語氣變得強烈。

「你露出這麼可怕的表情，會引起別人的懷疑。你太太正在看我們。」英里子看向他的背後，「等一下再告訴你詳細情況，這附近有一家湖濱飯店，你知道嗎？」

「不，我沒有注意。」

「就在離開別墅區後，往左五十公尺左右的地方，飯店的一樓是行政酒廊。十點……不，我們十點半在那裡見面。因為行政酒廊好像營業到十一點。」

「妳知道得真清楚。」

「因為我就住在那家飯店。」
「住在那裡？但是剛才不是說妳要住在這裡嗎？」
「你希望我住在這裡嗎？」英里子嘴角帶著笑容，抬眼看著他。
俊介一度移開視線，然後又看著她的臉說：
「這麼晚的時間，很難找藉口溜出去。」
「那你不來也沒關係啊。」
「我一定會去，但妳現在至少告訴我對方的名字。」
「現在還不能說，但我想你兩個小時後就會知道了。別擔心，我已經掌握證據了。」
她說完這句話，從俊介身旁走了過去，然後背對著他補充說：「章太真優秀，聽說他功課也很好，一定可以考上他想讀的那所學校。」
俊介倒吸了一口氣，但是他還來不及開口說話，英里子就快步離開了。

「你已經想好睡覺前要做什麼事了嗎？」藤間問兒子直人。他們父子面對面坐在院子裡的桌前。

「漢字測驗。」直人不耐煩地回答。他矮矮胖胖，皮膚像女生一樣白。

「要寫幾頁？」

「我怎麼知道？」

「這怎麼行？要事先決定寫幾頁，否則就會拖拖拉拉。知道了嗎？那就寫三頁，如果還有時間，就寫數學習題，聽到了沒有？」

他的兒子一臉無趣地點了點頭。他正在吃串燒，但一臉好像在嚼蠟。

「我問你啊，章太的功課真的那麼好嗎？」在一旁聽他們父子對話的一枝問直人。直人喝了一口果汁，歪著頭，沒有吭氣。

「怎麼了？妳為什麼問章太的事？」藤間問。

「因為剛才津久見老師不是說，章太很優秀嗎？」

「那只是場面話而已，妳不必在意。」

「但如果章太考上了，但直人沒有考上……」

「別亂說話。」藤間皺起眉頭，「怎麼可能有這種事？直人可是我的兒子。」

「但是不怕一萬，只怕萬一啊。」

「不可能有什麼萬一。」藤間喝了一口啤酒，「該做的都做了，妳應該很清楚。」

「我當然知道……」

「妳什麼都不必擔心，只要創造讓直人能夠好好讀書的環境就好。」

一枝皺著眉頭，嘆了一口氣。

「妳根本不需要勉強來這裡啊。」坂崎咬著串燒的肉，對妻子說。君子幾乎什麼都沒吃，不停地喝水。也許她覺得有點冷，穿了一件開襟衫。他們的長子拓也在不遠處吃鳳梨。

「當初是你說，無論如何都要來參加夏令營。」

「我一個人就可以照顧好拓也，妳來這裡卻又發燒，不是會造成其他人的困擾嗎？」

「你的意思是，我留在家嗎？和你媽兩個人在那個小公寓大眼瞪小眼？」

「妳也可以回娘家啊。」坂崎把串燒丟在盤子上。

君子沒有看丈夫的臉，隔著開襟衫，搓著自己的身體。

「你似乎很不希望我來這裡。」

「不是妳想的這樣，我是說，既然妳身體不好，不需要勉強自己來這裡。」

「你不必解釋了，我什麼都知道。」
坂崎聽了妻子說的話，停頓了一下問：「妳在說什麼？」
「你不必裝糊塗，白天的時候，你不是打網球打得很開心嗎？」
「什麼意思啊？我不能打網球嗎？」
「你明明知道我不是這個意思。」
「我完全不知道妳在說什麼。」坂崎站了起來。

八點一到，幾個孩子就回去出租別墅，他們的父母也都聚集在玄關送他們。
「坂崎先生，幾個孩子就拜託你了。」藤間一枝對坂崎說。
「沒問題，交給我吧。」
「咦？坂崎先生要去那棟別墅嗎？」高階英里子問。
「對啊，因為不能把孩子都丟給津久見老師一個人照顧。」
「這樣啊，那棟別墅應該也很漂亮。」
「有嗎？那棟別墅是租的。」坂崎歪著頭回頭後，對英里子說：「妳要不要一起過去？」

「可以嗎？」她雙眼發亮地問。
「應該沒問題吧。」坂崎看向其他人。
「雖然是出租別墅，但也很漂亮，而且也比這裡更新。」藤間露出親切的笑容說。
「那我可以去看一眼嗎？」英里子問。
坂崎連續點了好幾次頭說：「好啊，沒問題，沒問題。」
「那就等一下再決定高階小姐要睡哪一個房間，因為她可能更喜歡出租別墅。」其他人聽了藤間的話，都放鬆了臉上的表情。
這番討論之後，坂崎帶著四個孩子，和英里子一起離開了藤間的別墅。幾個小孩子走在前面，他們跟在後面。
「真羨慕並木先生，可以和像妳這麼漂亮的小姐一起工作。」坂崎邊走邊說，不時偷瞄高階英里子的側臉。
「你真會說話，平時也都這樣吹捧女生嗎？」
「不，我是認真的。我知道我這麼說，可能聽起來很輕浮，但我真的認為妳很漂亮。」

「謝謝你。」英里子邊走邊鞠躬道謝，然後看著前方的孩子問：「拓也看起來身手很矯健，有從事什麼運動嗎？」

「他在踢足球，雖然他的運動能力不錯，但腦袋有點不靈光，很擔心會拖累其他人。」

「但他也要考私立中學，不是嗎？那不是很厲害嗎？」

「誰都可以報考啊，我個人認為他就讀我家附近的公立學校也沒問題，但考慮到一些人情的因素。」

「因為人情報考私立中學嗎？」

「嗯，應該說是很自然變成這樣……」坂崎含糊其辭。

來到小木屋的出租別墅時，幾個孩子都默默看著坂崎用鑰匙開門。當門打開後，他們也都默默走了進去。

「他們四個人都穿同樣的鞋子，是學校規定的鞋子嗎？」英里子看著幾個孩子脫下的鞋子問。

「是在藤間先生的介紹下，去同一家鞋店買的，據說這雙鞋子可以讓小孩子變聰明。」

「變聰明？」英里子噗哧一聲笑了起來。

「妳會覺得好笑也很正常，我當初聽到時，也不認為真有其事。不，現在也不見得相信，可能有點像是迷信。」

「有科學根據嗎？」

「有是有，據說人類左右腿的長度不一樣，為了取得平衡，脊椎會漸漸側彎，脊椎神經通往大腦，當脊椎側彎時，就會影響大腦功能。」

「這樣啊。」英里子點了點頭說：「聽了這樣的說明，就覺得能夠接受。」

「是不是？但是這個世界上，有很多姿勢不良的菁英。」

他們聊天時，幾個孩子已經上了樓。坂崎打開了走廊深處的門，那裡是寬敞的會客室，中央有一張大桌子，旁邊的白板是藤間拿來的。

「好漂亮的別墅，不知道租金是多少。好想下次和朋友一起來住。」英里子打量著原木牆板嘀咕著。

「妳有意中人了嗎？」坂崎笑咪咪地問，但她笑而不答。

坂崎打開了流理台旁的冰箱。

「要不要喝點什麼？聽說這裡也放了一些飲料。」英里子沒有回答，他拿了兩罐果汁。冰箱裡沒有酒精類飲料。

「所以今天晚上，你和津久見老師兩個人在這裡當警衛嗎？」

「因為今天輪到我值班，」坂崎把兩瓶果汁放在桌子上，坐了下來，「妳要不要坐一下？」

「你太太身體不好，沒關係嗎？」

坂崎打開了果汁的拉環，揚起單側嘴角笑了笑，「一直以來都是這樣，自從動了手術之後，她就經常生病，已經習以為常了。」

「手術？」

「她身體長了惡性腫瘤，子宮和卵巢都切除了。」

英里子驚訝地張大嘴巴，坐在椅子上。她隔著桌子，坐在坂崎對面。

「當老婆不再是女人時，各方面都很辛苦。」坂崎皺起了眉頭，拿起罐裝果汁喝了起來，然後看向英里子問：「我剛才問的問題，妳還沒有回答我。」

「剛才的什麼問題？」

「男朋友啊，妳有男朋友嗎？」

「這個嘛……你說呢？」英里子再次露出了微笑。

5

藤間的別墅中，除了坂崎夫婦以外，所有人都坐在客廳的餐桌旁。津久見站在那裡，巡視了所有人的臉。

「接下來想要說明關於時事題的對策，但考試時並不會考時事這個科目，而是會把時事問題巧妙地和歷史、地理和公民題相結合。雖然分數並不會太多，但是對瞭解時事的學生來說，這根本就是送分題。這些題目並不刁鑽，關鍵在於必須瞭解時事，所以不妨認為是穩賺的分數。」津久見端正的臉上幾乎沒有表情，像電視主播一樣口齒清晰，「如果各位平時吃飯時有看電視的習慣，請盡可能看新聞報導。如果吃飯時間錯過了新聞報導時間，不妨事先錄影，然後在吃飯時播放。不是只有孩子看這些新聞報導，一定要全家一起看，然後和孩子一起討論新聞的內容。因為這樣才會印象深刻，如果遇到小孩子聽不懂的字眼，就要立刻向他們說明。」

俊介忍著呵欠，在桌子底下看著手錶。現在是八點四十分。

「我有辦法向兒子說明嗎？」藤間一枝不安地嘀咕。

「請各位家長平時也要多關心時事，」津久見不假辭色地說，「即使答不上來，也不要拖延，而是要當場找答案。時事相關的事，只要翻一下報紙，基本上都可以找到答案。」

在場的家長聽了補習班老師的話，紛紛點著頭，俊介也假裝做筆記。

「看來要整理一下今年至今發生的重大新聞。」藤間看著妻子說。

「這當然很重要，但我認為要更重視接下來到年底發生的新聞。因為命題老師接下來才會出入學考試的考題，出考題的命題老師也是人，所以通常會結合比較有印象的新事件。」

津久見說明完畢時，時鐘已經指向晚上九點多了。

俊介在美菜子的耳邊說：「我沒想到家長也要上課學習。」

「並不是什麼高難度的事。」

「妳說得沒錯，他也沒有說什麼高深的內容。聽他說話，讓我想起了那些經營顧問，明明說的內容很空洞，但說得煞有其事，讓人產生錯覺，以為自己在聽什麼醍醐灌頂的內容。」

美菜子不等他說完就站了起來，「老師，辛苦了，我來泡咖啡。」說完，就走去廚房。

「啊，不用了，我不喝。」津久見輕輕搖了搖手，「因為我很擔心那幾個孩子。」

「喝咖啡這點時間沒問題。」藤間挽留他。

「不，真的不用了，謝謝。」

「我也不喝咖啡了，因為要回房間處理一點事。」關谷說完，率先走出了客廳。

兩、三分鐘後，津久見走了回來，一臉納悶。

「老師，你忘了什麼東西嗎？」美菜子問。

「不，那個……我的鞋子不見了，而且只少了一隻。」

「鞋子？只少了一隻？」藤間有點傻眼地問，「是不是坂崎先生穿錯了？但只少了一隻也很奇怪。」

所有人都走去玄關，俊介也跟著走了出去。

男人的皮鞋和女人的涼鞋都整齊地排在玄關，在不遠處，只有一隻左腳的麂皮球鞋。

「啊喲，真的只有一隻，太奇怪了。」跟在俊介身後的美菜子低頭看著只剩一隻的球鞋。

「會不會在鞋櫃下面？」藤間一枝探頭看著鞋櫃下方，「沒看到……」

「太奇怪了，應該不可能是坂崎先生穿錯了。」藤間又重複了和剛才相同的話。

「雖然不太可能在外面……」關谷靖子歪著頭，但還是穿上涼鞋走了出去。

「你確定剛才把鞋子脫在這裡嗎？」俊介問津久見。

「我很確定，因為左腳的鞋子還在這裡，不可能搞錯。」

藤間夫婦在鞋櫃中翻找著，美菜子也走了出去。俊介跟在美菜子身後。

大家開始在外面找鞋子，關谷靖子甚至拿著手電筒，走去不遠處的草叢中找鞋子。

「不好意思。」津久見在身後說，「為什麼會發生這種事？」

「可能是流浪貓把鞋子叼走了。」美菜子用掃把前端撥開草叢說。

「有流浪貓嗎？」關谷靖子沿著房子周圍尋找時說，「即使真的有流浪貓，有辦法打開玄關的門嗎？」

「會不會是幾個小孩子惡作劇？」俊介也表達了意見，「他們回去那棟別墅時，故意把老師的鞋子藏起來。」

「他們會做這種孩子氣的事嗎？」美菜子說。
「他們本來就是小孩子啊。」
「我的意思是，他們並沒有像你以為的那麼幼稚。」
「是嗎？」俊介歪著頭。
「啊！」關谷靖子叫了起來。她蹲在草叢中，然後拿著一隻球鞋站了起來，「津久見老師，是不是這隻鞋子？」
「啊，沒錯，就是這個。」
「為什麼會在這種地方？」美菜子看著俊介問，他攤開了雙手。
「能找到鞋子真是太好了，謝謝各位。」津久見鞠躬道謝，右腳穿上了剛找到的鞋子。
「找到了嗎？」藤間站在玄關問，「到底是怎麼回事？以前從來沒有發生過這種事。」
「應該就是流浪貓幹的。大家趕快進屋吧，小心別著涼了。」
俊介和其他人聽到津久見這麼說，紛紛走進別墅，但是津久見沒有進屋，左腳也穿上鞋子，向其他人鞠躬道別。

「不好意思，剛才驚動各位了，那就明天見。」
「晚安。」所有人都目送補習班老師離開。

6

俊介回到自己的房間，做出門的準備工作，等了五分鐘後下了樓。美菜子正在客廳和藤間他們說話，看到他立刻問他：「怎麼了？為什麼這麼晚了，還穿這身衣服？」
「發生了一點狀況，」俊介皺著眉頭，「之前做的宣傳影片出了點問題，所以我必須回去一趟。」
「回去一趟？你是說回去工作嗎？都這麼晚了。」美菜子瞪大了眼睛，其他人也都露出了驚訝的表情。
「我希望在明天中午之前解決。」他看著藤間和其他人，鞠了一躬，「事情就是這樣，我臨時有事，不好意思，我才剛到不久，但是必須暫時離開一下。」
「那也是無可奈何的事。」

藤間說，他的太太也語帶關心地說：

「你路上要小心，晚上開車很辛苦。」

「謝謝。」俊介再次鞠躬道謝。

他走去玄關，發現只有他的鞋子整齊地放在那裡，其他鞋子都不見了。

「一枝剛才整理的。」美菜子說，「因為津久見老師的鞋子不見了，所以她有點不放心，其實根本不需要緊張。」

「這樣啊。」

藤間夫婦也出來送他，藤間說，他會向其他人說明情況。俊介再次道歉和道謝後，走出了別墅。美菜子也跟著走了出來。

他準備坐上車時，美菜子問他：「到底是怎麼回事？」

「什麼怎麼回事？」

「這麼晚了，你還要回去。」

「我剛才不是已經說明了嗎？因為發生了狀況。」

「以前從來沒有發生過這種事，到底發生了什麼狀況？」

「即使我說了，妳也聽不懂。」俊介坐上車，繫上了安全帶，發動引擎後，打開了窗戶。「我會設法在天亮之前解決問題，搞定之後就會再回來這裡。」

美菜子沒有說什麼，只是默默注視著丈夫的臉。俊介關上車窗，把車子開了出去。

離開別墅區後行駛了數十公尺，看到了「LAKESIDE HOTEL」的招牌。建築物並不大，但玄關前的停車場很寬敞，停了二、三十輛車子，但仍然有超過一半的空位。俊介把車子停在角落的位置，拿著西裝外套走進飯店。

走進雙重玻璃門，左側就是櫃檯，櫃檯前是飯店大廳。俊介看向後方，後方是開放空間的咖啡廳，還有很多客人。

他坐在可以清楚看到飯店入口的位置，點了波本威士忌蘇打，然後從上衣口袋裡拿出香菸，用 Zippo 打火機點了火，深深吸了一口。他吐出的灰色煙霧在燈光昏暗的空間內飄搖。

他喝了半杯威士忌蘇打後，拿出了皮夾，確認了放了駕照、錄影帶出租店會員卡的夾層，他看到了保險套包裝袋的一角。他把皮夾放回原來的地方，又繼續抽菸，喝著波本威士忌蘇打潤喉。

俊介在喝第二杯波本威士忌蘇打時看了手錶。已經快十一點了，但英里子遲遲沒有現身。周圍的客人一個又一個起身離開，俊介又抽了一支菸，等了五分鐘。他把手上的香菸在菸灰缸裡捺熄的同時站了起來。雖然服務生來換了好幾次菸灰缸，但菸灰缸中的菸蒂堆成了小山。

走出行政酒廊，他拿出手機，再次撥打了「ＥＴ」的電話。就是他今天聽了好幾次轉入語音信箱的號碼，但是這次竟然打通了。他聽到了鈴聲。

但是，鈴聲響了超過十次，英里子仍然沒有接電話。俊介只好掛上電話，看著液晶螢幕，按下了重撥鍵，螢幕上的確顯示了「ＥＴ」的名字。他繼續等待片刻，這次又轉入了語音信箱。他忍不住咂了一下。「搞什麼啊？」他小聲嘀咕。

行政酒廊打烊了，服務生開始收拾，剩下的客人也三五成群地起身離開。有幾個人搭了飯店的電梯，幾個人離開了飯店。俊介也嘆了一口氣後，走出了玻璃門。

他回到車上，又撥打了一次電話，結果還是一樣。他雙手在腦後交握，身體向後仰。他重重地嘆了一口氣。

他拿起手機，又撥了另一個電話。電話鈴聲響了四次之後，終於接通了。

「喂，這裡是藤間家。」電話中傳來藤間一枝壓抑的聲音。

「喂？我是並木，不好意思，這麼晚打電話打擾。」

「啊，並木先生……怎麼了嗎？」

「不，因為發生了一些狀況。請問我太太在嗎？」

「呃……對，她在。要請她聽電話嗎？」

「麻煩妳了，啊，請等一下。高階呢？」

「高階小姐……嗎？我不太清楚，她不在這裡。」

「妳知道她在哪裡嗎？我無法聯絡到她。」

「這我就……」藤間一枝沉默片刻後問：「還是先叫美菜子來聽電話？」

「好，麻煩妳了。」

俊介把手機放在耳邊，指尖敲打著方向盤，雙眼仍然看著飯店的玄關。英里子仍然沒有現身。

「喂？」手機中傳來美菜子的聲音。她的聲音比平時低沉。

「喂，是我。」

「怎麼了？」

「我剛才接到電話，說問題已經解決了，所以我決定回去。」

「回去……你是說回來這裡嗎？」

「嗯，我已經在高速公路前回頭了，差不多十分鐘左右就可以到。」

美菜子沒有回答。

「怎麼了？」他問：「我不方便回去嗎？」

「不，沒這回事……只是事出突然，我有點不知所措。」

「情況就是這樣，妳向其他人說明一下。」

「我知道了。」

「拜託了。」俊介掛上了電話，然後看了手錶。目前是十一點十分。

十一點二十分時，他發動了引擎，把車子開了出去。他沿著來路折返，駛入了別墅區，再次把車子停入剛才的停車場。藤間的別莊所有窗戶都燈火通明。

他按了對講機的門鈴等在門口，聽到門鎖打開的聲音後，門打開了，藤間站在門口。

「辛苦了。」藤間看著俊介說，他的臉上失去了幾個小時前的親切笑容。

「我太太有沒有告訴你情況？」

「有，聽說問題已經解決了。」

「是啊，所以我就馬上回來了。不好意思，我太自我中心了。」俊介低頭道歉。
「不，沒關係。」藤間沒有看俊介，關上了門。
闕谷夫婦和藤間一枝也來到了玄關，俊介看到他們，再次低頭道歉說：「不好意思，驚動各位了。」
但是，沒有人回答，所有人都一臉陰鬱地低著頭。
「怎麼了？」即使俊介發問，他們也沒有回答，「我太太……美菜子在哪裡？」
闕谷靖子倒吸了一口氣，俊介看著她，她抬眼看著俊介說：
「她在客廳。」
「她在忙嗎？」
「那倒不是。」靖子再次低下了頭。
「並木先生，」藤間開口，「請你去看一下你太太。」
俊介看著藤間，然後又巡視了所有人後脫了鞋子。他沿著走廊來到客廳前，打開了客廳的門。
他以為客廳內空無一人，但並不是沒有人。當他走進去後，發現美菜子蹲在桌子後方。她抱著膝蓋，把臉埋在雙手中。

「妳蹲在這裡幹什麼？」

俊介問，美菜子緩緩抬起頭，淚水讓眼睛周圍的妝都花了。她的右手腕包著繃帶。

「妳怎麼受傷了？」

但是，她只是露出空洞的眼神抬頭看著他。

「由我來說明。」俊介身後響起了說話的聲音。藤間和其他人走了進來。「其實剛才——」

「等一下。」美菜子打斷了藤間說話的聲音，「由我來說。」她疲憊不堪地站了起來，手腕上的繃帶滲著血。

「怎麼回事？到底發生了什麼事？」俊介問藤間和其他人。

「我會告訴你，你跟我來。」美菜子說完，走出了客廳，俊介跟在她身後。

上樓之後，美菜子在他們的房間門口停下了腳步，她握住了門把，轉頭看著俊介說：

「你要有心理準備。」

俊介吞著口水，藤間和關谷他們也跟了上來。

美菜子打開了門，但是她沒有走進去，而是對俊介說：「你自己去看一下發生了什麼事。」

俊介走過美菜子面前，走進門內，立刻發出了驚叫聲。

一個女人倒在床邊。俊介看過那件無袖洋裝。

「英里子……」俊介向前兩、三步後停下了腳步。他的身體開始顫抖。

高階英里子睜著眼睛，但她的視線看向半空，頭部下方的地毯被染成了暗紅色，從洋裝露出的肩膀和手臂都變成了土色。

他捂著嘴，發出了呻吟：「為什麼會變成這樣……」

美菜子站在他身旁，和他一樣低頭看著英里子，然後嘀咕說：

「人是我殺的。」

7

俊介凝視著妻子的側臉問：「妳說什麼？」

美菜子就像是機器人一樣動作生硬地轉頭看著他說：

「我說人是我殺的，我把她……我打了她的頭，結果她就死了。」

「為什麼……？」俊介的聲音沙啞。

「並木先生，這是有原因的。請你保持冷靜，慢慢聽美菜子說分明。」站在後方的藤間說。

「即使你叫我冷靜……」俊介看了看英里子的屍體，又看著妻子的臉，用力搖了搖頭。

「要不要去樓下……先去樓下，在這裡大聲嚷嚷，會把君子吵醒。」關谷說。

「是啊，並木先生──美菜子，先去樓下再說。」藤間表示同意。

關谷靖子扶著美菜子，帶著她走向走廊。俊介也跟著走了出去，但在走出房間之前，又轉頭看了一眼。有一個破碎的檯燈掉在英里子身旁，陶瓷燈罩的碎片沾到了血。他看到那些鮮血，身體又抖了一下。

回到客廳後，關谷靖子走去廚房泡咖啡。俊介和美菜子坐在桌子的桌角兩側，藤間夫婦和關谷也一起坐了下來。

「並木先生，你剛走不久，她就來到這裡。我是說高階英里子小姐。」藤間開口，「當時和現在一樣，我們都在這裡，高階小姐走了進來，說有事情要和美菜子談一談。因為我們以為她和你一起回東京了，所以有點驚訝。」
「這次工作上的差錯和她沒有關係……」俊介辯解著。
「似乎是這樣。美菜子問她，到底有什麼事，高階小姐說，想和美菜子單獨談一談。美菜子說，既然這樣，那就去房間說話，她們兩個人就離開了客廳。差不多十五分鐘左右，美菜子一個人回到這裡。我們看到她都嚇了一跳，因為她看起來很不對勁，手腕流著血。我問她發生了什麼事，美菜子……」藤間閉上嘴，注視著美菜子。美菜子低頭看著桌面。
「她說她殺了人嗎？」俊介問。
「對，就是這樣。」
「我們都大吃一驚，於是跑去二樓。」關谷接著說了下去，「看到房間內的狀況，更加大驚失色。」
「到底發生了什麼事？」俊介問美菜子，「她和妳說了什麼？」
美菜子沒有看他，更深深地低下了頭，然後回答說：「是……關於你的事。」
「我的事？我的什麼事？」
美菜子沒有馬上回答，藤間似乎看不下去，向俊介補充說明：「高階小姐要美菜子和你離婚。」

俊介瞪大了眼睛，「怎麼會……？」

「是真的。」美菜子終於開了口，但仍然低著頭，「她的確這麼說。」

「太荒唐了，」俊介搖了搖頭，「她不可能說這種話……」

「她就是這麼說了啊，說這些也無濟於事。而且，」她補充了這句話後，微微抬頭看向俊介的方向，「你的確和她在交往啊。」

俊介沒有回答，吞著口水。他的太陽穴滴下了一滴汗。他拿出手帕擦了擦汗。

「我對她說，我絕對不會和你離婚，於是她說，既然這樣，她也有對策……」

「對策？」

「她說要生孩子。」美菜子看著俊介說：「她說要生下你的孩子。」

「怎麼……」俊介的眼神飄忽，看向藤間夫婦和關谷。

「她認為只要生下你的孩子，就可以霸占你。因為你沒有自己的親生孩子，所以她似乎很有自信，只要她生下你的孩子，你一定會選擇她。」

「她說她懷孕了嗎？」

美菜子輕輕點了點頭，俊介見狀，用力嘆了一口氣。

「不好意思，可以讓我們單獨談一談嗎？」他對藤間他們說。

「沒這個必要。」美菜子說，「他們知道所有的情況，我剛才已經告訴他們了。」

「不，我們還是暫時迴避一下。」藤間準備站起來。

「請你們留下來，」美菜子說，「你們在這裡，我可以保持平靜。」

藤間露出困惑的表情後，又重新坐了下來。

關谷靖子端了咖啡過來，把咖啡放在每個人面前後，自己坐在離他們有一點距離的吧檯高腳椅上。

「沒錯，」俊介說，「我承認我的確在和她交往，但是要怎麼說……」

「別說了。」美菜子打斷了，「都已經造成這樣無可挽回的結果了，事到如今說這些有什麼用？」

俊介閉上嘴，伸手拿起冒著熱氣的咖啡杯喝了一口，然後嘆了一口氣。

「妳聽到她懷孕，然後怒氣沖天，就殺了她嗎？」

「不是這樣。」

「那……」

「她勸我還是乾脆分一分，以免後患——她這麼對我說。」

「……什麼意思？」

「她說即使我們不離婚，只要孩子出生，她就會公開孩子的父親是你。到時候，並木家就完蛋了，章太也不可能考什麼私立中學了，而且搞不好會對章太的未來產生影響。她問我這樣也沒問題嗎？」美菜子沒有表情的臉轉向丈夫，「她這麼對我說，說完之後，還露出了冷笑。」

俊介手上的咖啡杯碰到桌子，發出了嘎答嘎答的聲音。

「她叫我好好想一想，然後準備走出房間。我看著她的背影，覺得必須採取行動，無論如何都必須讓她閉嘴，於是就抓起檯燈，從後方打她。她完全沒有發出聲音就倒在地上。我嚇壞了……」美菜子說到這裡，嘴角露出淡淡的笑，「太奇怪了，明明是我動的手，自己卻嚇壞了。我搖動她的身體，她完全不動了。那時候我才發現她死了。」

美菜子的視線從俊介身上移開，摸著自己的額頭嘀咕說：「誰叫她提到章太的名字……」

美菜子說完這句話，就像石頭般一動也不動了。關谷靖子站了起來，繞到她的身後。靖子把雙手輕輕放在她肩膀上。俊介茫然地看著這一幕，呼吸漸漸急促起來。客廳的沉默中，只聽到他呼吸的聲音。

「男女之間的事。我們第三人無權過問。並木先生，你打算怎麼處理？」藤間問，寂靜中，他的聲音聽起來格外大聲。

「什麼意思？」

「我是說，接下來的事，我認為必須採取因應對策。」

「啊啊……」俊介抓著劉海，然後抱著頭，「你們報警了嗎？」

「不，還沒有。我們正在討論該怎麼辦，就接到了你的電話。」

「這樣啊，既然這樣，那就要先完成這件事。」

「你指哪件事？」

俊介聽了藤間的問題，看著他的臉回答說：

「當然是報警啊。」

藤間移開了視線，看著關谷。關谷摸著自己的下巴。他的下巴上冒出了鬍碴。

「並木先生，其實我們剛才就在討論這件事。」藤間說，「我們在討論真的要報警嗎？」

俊介連續眨了幾次眼睛，舔了舔嘴唇說：

「不好意思，我不太瞭解你的意思。」

「我想請問你，高階小姐來這裡，真的是為了送你忘記帶的資料嗎？我認為並不是這樣，高階小姐特地來這裡，是為了從正宮手上搶走她的男人，你根本沒有忘記帶什麼資料。我說錯了嗎？」

「如果是這樣，又怎麼樣呢？」

「如果是這樣，就代表並沒有人知道她來這裡。」

「她說向公司請假後來這裡……」

「我就知道。」藤間和關谷互看了一眼，相互點了點頭。

「怎麼了？這件事有什麼問題嗎？」

「你認為報警真的好嗎？」關谷在一旁插嘴說，「一旦報警，美菜子就會成為殺人兇手遭到逮捕。不僅如此，如果事情的過程曝光，你就會失去目前的社會地位，這樣也沒關係嗎？」

「雖然不是沒關係，但是事到如今，這也無可奈何啊。」

「這就是重點，」藤間說：「所以我們正在討論，是否能夠採取什麼因應措施。」

「問題是人已經殺了，根本無可挽救了啊。」

「雖然是這樣，」藤間把雙肘放在桌子上，握著雙手說：「我們並不想把美菜子交給警察。美菜子的行為雖然法律上必須受到制裁，但是在心情上，是完全能夠理解的行為，也可以說她很值得同情，所以我們就不知不覺地開始討論是否有什麼方法，可以避免美菜子遭到逮捕。一方面當然也是不希望自己的朋友是殺人兇手，這次的事一旦曝光，我們的私生活也會被媒體搞得一團糟。到時候，幾個孩子根本無心考私立中學，所以並不是只有你一個人會受到影響。」

美菜子發出了嗚咽。

「對不起。」她從捂著臉的雙手之間發出了柔弱的聲音，「全都怪我做了那種事，造成了大家的困擾……」

「妳不必在意我們，」藤間一枝語帶溫柔地說，「大家都很喜歡妳，所以才設法幫妳，這件事最重要。」

「沒錯。」藤間補充說：「希望妳能夠瞭解，我們並不是單純基於善意，另一方面也考慮到自己，所以才提出這種想法。」

「這番話令我們感激不盡。」俊介費力地擠出聲音，「但現實的問題恐怕很難解決，我當然也不希望美菜子遭到逮捕。」

「藤間先生，」關谷說：「你要不要把剛才的計畫告訴並木先生？」

「嗯，好啊……」

「什麼計畫？」

俊介問。藤間微微探出身體，他的眼神變得很銳利。

「只有一個方法可以避免美菜子成為殺人兇手，那就是當作這起事件沒有發生。具體來說，就是我們動手處理掉那具屍體。」

俊介聽了藤間說的話，挺直了身體。除了他和美菜子以外，所有人都注視著俊介。俊介感受到眾人的視線，搖了搖頭說：

「絕對不可能。」

「是嗎？」

「太異想天開了，要怎麼處理？無論怎麼處理，一旦查明屍體的身分，警方就會懷疑到我們頭上。」

「所以就是要避免屍體被發現，即使被人發現，也無法查出身分。」

「只要處理臉部和指紋，應該就無法查出身分。」關谷說。

「還有齒型。」藤間冷靜地說。

闞谷靖子和藤間一枝不發一語，輕輕點了點頭。俊介見狀，拍著桌子說：

「你們知道自己在說什麼嗎？不可能有辦法做這種離譜的事。」

俊介握著的拳頭放在桌上，深呼吸了兩、三次，所有人都默默注視著他。

「的確，」藤間說，「我們打算做的事很離譜，也是傷天害理的事，但是，你應該知道，這全都是為了你太太。如果你認為這個方法不行，那有其他好方法嗎？如果有的話，我願意洗耳恭聽。」

「我們說的是報警以外的方法，」闞谷接著說，「報警不在討論的範圍。」

俊介用力握緊剛才擦了汗的手帕。美菜子仍然捂著臉，一動也不動。

「可以偽裝成意外，或是自殺之類的……」

「這也不考慮。」藤間立刻否決了他的意見，「剛才也有人提出這個意見，只不過並不現實。雖然我並不瞭解警察，但是我們這些外行人不可能有辦法逃過他們科學辦案的火眼金睛。」

「既然說到科學辦案，你們的提議不也是五十步笑百步嗎？在目前這個時代，即使毀容、消除指紋，只要用ＤＮＡ鑑定，就可以查出一切。」

「我們想到了ＤＮＡ的問題，但是並木先生，只有在大致瞭解屍體身分時，才會進行ＤＮＡ鑑定。在完全沒有任何線索的狀態下，即使想要進行ＤＮＡ鑑定，也不知道要和誰的ＤＮＡ進行比對。」

「高階英里子也有家人，她的家人遲早會報警。一旦發現了身分不明的屍體，警方就會和這些失蹤人口的資料進行比對，警察應該從性別、身材和大致年齡，判斷屍體很可能就是高階英里子。」

「即使警方這麼認為，只要沒有她生前的ＤＮＡ，就無法進行比較。」

「這還不簡單，只要去她家裡找一下，一定可以找到一、兩根頭髮。」

「如果那時候，她的住家還在的話。」

「什麼意思？」

「高階英里子小姐和她家人同住嗎？」

「不，她一個人住。」

藤間點了點頭問：「她自己買的房子嗎？」

「怎麼可能？是租的房子。」

「我想也是，所以房子遲早會退租。」

俊介微微張著嘴，看著藤間的臉。藤間緩緩點了兩次頭。

「你的意思是，一旦房子退租，調查ＤＮＡ的線索也就消失了嗎？」

「正因為如此，所以屍體越晚被人發現越好，最好是在報失蹤之後好幾年，都不會發現，最理想的情況當然就是永遠都不要被人發現。」

「原來如此……」俊介點了點頭，揉著自己的脖子。他脫下西裝外套，從口袋裡拿出了香菸和打火機問：「我可以抽菸嗎？」

「因為防災的關係，照理說夜間禁止吸菸。」關谷說完，把原本放在後方架子上的菸灰缸拿到桌上。

俊介點了一支菸，藤間說：「那我也陪你抽一支。」拿了菸過來。

「你剛才說要處理屍體，要丟去哪裡呢？難道你們打算挖洞埋在地下嗎？」

「我們一開始也這麼想，但是埋在土裡還是很危險，因為不知道會因為什麼契機被人發現，而且必須挖很深的洞，才能夠完美掩蓋，問題是挖那麼深的洞可沒那麼容易。」

「那到底……」

「這是我提出的意見。」關谷說了這句開場白後繼續說了下去，「既然不能埋在土裡，那可不可以丟進水裡呢？」

「水裡？」俊介反問後，瞪大了眼睛，「你是說姬神湖嗎？」
「我認為這是最理想的方法，既可以確實毀屍滅跡，最重要的是不費工夫。」
「我也認為這是可行的方法。」藤間說。
俊介發出低吟後，連續抽了好幾口菸，香菸立刻變短了。
「等一下就要丟去湖裡嗎？」
「對，既然要動手，就事不宜遲。」藤間斷言道。
「現在丟去湖裡……」俊介打開菸盒，拿出最後一支菸，點了火。
「雖然我知道說這種話很不厚道，」關谷說，「但是並木先生，我覺得你運氣太好了。」
俊介看著關谷，吐了一口煙。
「因為如果你一個人面對眼前的狀況，你該怎麼辦？光憑你一己之力，幾乎不可能處理屍體，即使有辦法做到，恐怕也會耗費很長時間。但是現在有這麼多幫手，不是很幸運嗎？」
「幸運？你是說眼前的狀況？」
「好了好了，我能夠理解關谷先生想要表達的意思，但並木先生的處境最痛苦。」藤間出面解圍，「畢竟他失去了情人。」

關谷聽了藤間的話，露出驚訝的表情，然後尷尬地嘀咕說：「對不起。」

俊介在菸灰缸裡捺熄了還很長的香菸。

「並木先生，」藤間站了起來，「你想好了嗎？我們已經下定了決心。」

除了美菜子以外，所有人的視線都再次集中在俊介身上，他逃避了眾人的視線。

短暫的沉默，只聽到隱約的蟲鳴聲。

俊介看著美菜子。

「為什麼？」他忍不住問，「妳為什麼做這種衝動的事？根本不像妳。」

「事到如今，說這種話也沒有意義。」關谷靖子說。

「並木先生？」藤間再次發問。

俊介用手帕擦了擦汗，咬著嘴唇。他低著頭問：「屍體不會浮起來嗎？」

「綁上重物後，再用塑膠布包起來。」關谷立刻回答。

俊介輕輕點了點頭，但眾人的視線並沒有從他的身上移開。

「必須小心謹慎，避免留下指紋。」他小聲地說。

Chapter 2

1

「幾位女士就留在這裡，因為大批人馬出動會引人注意。」藤間對自己的太太和其他女人說，「而且妳們要努力不要被君子發現。」

「要瞞著她嗎？」俊介問。

「知道秘密的人越少越好，而且君子也未必會贊同我們的想法。」

俊介聽了藤間的話，想了一下後，點了點頭。

「那我們先把屍體搬出去。」關谷站了起來。

「我來搬。」俊介站在關谷面前說。

「兩個人一起搬比較輕鬆。」

「不，我一個人搬就行了，麻煩你們準備車子。」

「但是……」

「關谷先生，」藤間在關谷的身後說，「並木先生最瞭解死去的她，既然他說一個人有辦法搞定，就不會有問題。」

「喔喔，」關谷微微張著嘴，「那我們在外面等你。」

俊介走出客廳後上了樓，他站在分配給他們夫妻的房間門口，深呼吸了一次，轉動門把，緩緩打開了門。

高階英里子的屍體仍然望著半空，俊介在門口站了片刻，然後走進房間，緩緩蹲了下來。他的膝蓋在發抖。

他伸出右手，撫摸她的臉頰。她的皮膚已經失去了彈性，也感受不到體溫。俊介凝視英里子的臉，用嘴唇貼近她的嘴唇，但是在即將碰觸到之前，他停了下來。他嘆了一口氣，閉上眼睛，搖了搖頭。

他把手臂放在她的身體下方，彎腰把她抱了起來。被鮮血黏在地上的頭髮拉起時，發出了噗滋噗滋的聲音。

走下樓梯時，關谷靖子站在走廊上，她看到俊介手上抱著的東西，輕輕尖叫一聲後退，但立刻問他：「沒問題嗎？」

「沒問題，不好意思，請妳告訴美菜子，叫她把房間清理一下。因為地毯髒了，檯燈的碎片也散了一地。」

「好，我們會處理這些事，沒問題。」靖子把手放在胸前，點了點頭。

玄關的門打開了，關谷走了進來，手上抱著藍色塑膠布。

「我們先用這個包起來，再搬出去外面。」關谷說完，把塑膠布鋪在玄關。

「這塊塑膠布哪裡來的？」

「我從家裡帶來的，原本想說在戶外烤肉時，可以鋪在地上。到處都可以買到這種塑膠布，即使調查出處，也完全沒有問題。雖然不可以被人發現。」

俊介等關谷在地上鋪好塑膠布，把屍體放在塑膠布上。高階英里子仍然睜著眼睛。

「啊啊，並木先生，這個給你。」關谷遞上一副棉手套，他自己已經戴上了手套，「是你提醒大家，小心別留下指紋。」

「對喔。」俊介雙手戴上了手套。

用塑膠布包起屍體後，俊介和關谷一起搬去門外。藤間拿著手電筒，從停車場走了下來。他也戴著手套。

「你們兩個人搬得動嗎？」

「沒問題，你有沒有找到重物？」關谷問。

「我撿了幾塊大石頭，我想有那些石頭，應該就沒問題了。」

來到停車場，發現如藤間所說，角落已經放了十幾顆差不多像躲避球大小的石頭。

「這麼短的時間，你竟然可以找到這麼多。」俊介說。

「我也費了一番工夫，跑來跑去找了半天。先不說這些，趕快搬上車吧，萬一被人看到就不妙了。嗯，要用哪一輛車呢？」

「我家的車子最適合，」關谷說，「普通的轎車恐怕裝不下。」

「沒問題嗎？」

俊介問。關谷皺著眉頭點了點頭說：

「事到如今，也只能這樣了。事後再找人驅邪就好。」

「不好意思。」俊介扛著用塑膠布包起的屍體，鞠躬向關谷道歉。

藤間從關谷的口袋裡拿出車鑰匙，打開了紅色休旅車的尾門。這輛休旅車放行李的空間很寬敞，而且整理得很乾淨。俊介和關谷把屍體放進了行李箱。藤間把石頭也搬上了車，俊介和關谷中途也幫忙一起搬石頭。

「差點忘了重要的東西。」藤間最後把繩子放上車子。那是一根很粗的尼龍繩。

「這是？」俊介問。

「這是很久以前在東京買的，雖然用塑膠布把屍體包了起來，但可能會鬆脫，所以我想最後用繩子綁一下比較好。」

「原來如此，真是好主意。」

關上尾門後，三個人一起坐上了車。當然由關谷開車，俊介坐在副駕駛座上。關谷發動了引擎，打開車頭燈，照亮了前方的路。

「我們出發吧。」藤間一聲令下，關谷把車子開了出去。

開車到姬神湖只要幾分鐘，湖畔的那條路上有餐廳、咖啡店和禮品店，但目前已是深夜，所有店都打烊了，也都熄了燈。

駛過那條路之後，正前方就是一片湖水。

「前面左轉。」坐在後方的藤間發出指示，關谷把方向盤打向左側。

姬神湖的外圍有一條小路，車子沿著這條小路緩緩前進，很快就來到小路盡頭，關谷把車子停了下來。他關掉車頭燈，周圍一片漆黑，只能看到遠方的路燈。

藤間先下了車。他手上拿著手電筒，他走向湖的方向，兩、三分鐘後，又走了回來。

「和白天見到時一樣，出租船就丟在那裡。」

「能用嗎？」關谷問。

「應該沒問題。」

藤間用手電筒照亮周圍，俊介和關谷兩個人把屍體從車上搬了下來。

「接下來……」藤間似乎有點難以啟齒，「這樣丟下去不太妙，必須處理一下，讓人無法查出屍體身分。」

短暫的沉默後，關谷說：

「剛才說是指紋和臉，還有牙齒，對嗎？」

「要破壞嗎？」俊介問。

三個人再次陷入沉默。

「因為必須讓人無法查出身分。」藤間又重複了剛才的話。

「臉部應該不需要花太多工夫吧。」關谷嘀咕著，「因為我之前聽說，屍體泡了水之後，就會認不出原來的樣子。」

「但是齒型就沒辦法了，必須動一下手腳，還有指紋。」

「好，那我來吧。」俊介點了點頭說：「也只能動手了。」

其他兩個人互看了一眼，藤間的右手抓了抓鬢角說：

「由你來動手處理的確最理想。」

「先把屍體搬去船那裡，把石頭塞進塑膠布之後再動手。」

「嗯，這樣比較好。」關谷也同意俊介的意見。

幾乎所有的船都翻了過來，只有一艘從湖裡拉上岸後，就直接放在那裡。他們把屍體放在船邊，把石頭塞進了藍色塑膠布內。

「呃，並木先生，可以麻煩你動手嗎？」藤間委婉地說。

俊介深呼吸了一下說：

「手電筒可以借我一下嗎？請兩位稍微站遠一點。」

藤間點了點頭，把手電筒交給他，然後和關谷走到幾公尺外的地方，背對著俊介。

俊介首先把英里子的右手拉了出來。她的右手冰冷，就像假人模特兒一樣失去了彈性。俊介從口袋裡拿出打火機點了火，靠近她的指尖。

皮膚燒焦發出了滋滋的聲音，發出了異臭。俊介忍不住吞了好幾次口水。

燒完左右手的手指後，他注視著英里子死去的臉龐。她的五官輪廓原本很深，現在似乎變得有點平坦。他在手電筒燈光下，用指尖觸碰了她的嘴唇。她的嘴唇也失去了彈性。

俊介拿起一塊石頭，舉到肩膀的高度後停了下來。他把石頭放在旁邊，用塑膠布把英里子的身體包了起來，隔著塑膠布，確認了她的臉所在的位置後，再次拿起了石頭。

他輕輕閉上眼睛，屏住呼吸，把石頭對著她的臉砸了下去。石頭雖然命中英里子的臉所在的位置，但力氣太小了。關谷可能聽到了聲音，問他：「完成了嗎？」

「不，好像力氣太小了。」

「喔……」關谷應了一聲，但沒有回頭。藤間沒有吭氣。

俊介雙手拿起石頭，深呼吸了幾次，把石頭舉過頭頂。他再次憋氣，閉上眼睛，把石頭砸了下去。

他聽到了發悶的聲音。和剛才的聲音不一樣。俊介戰戰兢兢地睜開了眼睛，發現石頭沉入了藍色塑膠布。就是英里子的臉所在的位置。

他雙手舉起石頭，又砸了一次。這次石頭陷得比剛才更深。他又砸了最後一次，但是這次並沒有太大的變化。

「我完成了。」俊介帶著呻吟說道。

藤間和關谷走了過來。

「齒型沒問題嗎？」藤間向他確認。

「我想應該沒問題，但我並不清楚，因為我並沒有看。」

「應該沒問題吧，因為並木先生……好像進行了三次。」

雖然關谷這麼說，但是藤間在屍體旁蹲了下來，微微打開了塑膠布。

俊介把頭轉到一旁，關谷也皺起眉頭轉過頭。「他竟然敢……醫生果然不一樣。」

「我也不想看啊，但凡事都要以防萬一。」藤間拉起塑膠布，「這樣就行了……我想應該沒問題了。」

他們用繩子在塑膠布外綁了好幾圈，之後三個人合力把屍體抬到船上。因為加了石頭，所以變得很重。

「不需要三個人都上船。」藤間說，「關谷先生，你留在車上，你有帶手機吧？」

「有啊。」

「那如果有什麼狀況，隨時聯絡，搞不好我們可能會把船丟去其他地方。」

「我瞭解了。」

「那我們走吧。」藤間對俊介說，俊介默默點頭。

三個人把船推進湖裡，當船底浮在水面時，俊介和藤間坐了上去。因為上船時的位置關係，由俊介負責划船。雖然一開始有點不太順手，但很快就知道要怎麼搖槳。

「要划去哪裡？」俊介邊划邊問。

「盡可能去水深的地方，所以還是去湖中央那裡。」

「但是這麼黑，根本不知道哪裡是湖中央。」

「所以只能憑直覺，憑我們兩個人的直覺。」

俊介沒有回答。兩個人陷入了短暫的沉默，只聽到船槳划水的聲音。

俊介持續划著船。周圍幾乎伸手不見五指，遠處有幾個像是星星般的小燈光。

「累了嗎？」

「不，還好，但是……」

「但是什麼？」

「這麼做真的沒問題嗎？雖然我很感謝大家一起幫忙，努力掩蓋美菜子的過失。」

「並木先生，事到如今，說這些也無濟於事，我們已經沒有退路了。既然這樣，就只能盡全力完成眼前該做的事，不留下任何破綻。」

「我當然知道，只是很懷疑是否真的能夠不被警察發現。」

「為了不被警察發現，所以我們才這樣大費周章，讓屍體絕對不被人發現。而且也動了手腳，萬一被人發現，也無法瞭解屍體的身分。我相信你剛才要打爛情人的臉也很痛苦。」

俊介低下了頭。

「並木先生，」藤間改變了說話的語氣，「我希望你誠實回答我，你原本打算如何處理和美菜子之間的關係？你打算和美菜子離婚，和這個女人在一起嗎？」

「目前還沒有……」

「目前還沒有考慮到這種程度嗎？是嗎？但你至少有暗示這個女人，會和她結婚吧？否則這個女人不可能這麼囂張。但是請你不要誤會，我完全無意指責你。因為這個世界上的男人都大同小異，我只是不瞭解你如何看待目前的家庭。我也知道章太是美菜子的拖油瓶，這種想法可能很低俗，你無法把章太視如己出嗎？」

「我自認很努力。」

「我知道，但是，我們不需要努力。」

「請問這句話是什麼意思？」

「我們不需要努力，也能夠愛孩子，不需要任何理由，和你不一樣。」

「你這樣說，我就……」

「所以我才問你，你怎麼看待目前的家庭，可以隨時拋棄嗎？如果遇到迷人的女人，就可以交換嗎？」

「你剛才說無意指責我，但還是……」

「我並沒有指責你，只是感到不解。如果對你來說，目前的家庭並沒有那麼重要，這次為什麼來這裡？」

俊介邊划船邊看著藤間。雖然看不清楚，但藤間似乎也看著他。

「我剛才不是說了嗎？」俊介靜靜地說：「這也是努力的一部分。」

「原來是這樣。」片刻之後，才終於聽到藤間的聲音。

「這裡差不多了吧。」又過了一會兒，俊介說。

「是啊，我正覺得這裡差不多了。」

俊介停止搖槳，拿起綁住塑膠布的尼龍繩。

「小心點，如果站起來，船會翻掉。」

「我知道。」

俊介和藤間坐在船上，用滾動的方式把屍體移到船邊。也許是因為重心偏離的關係，船用力搖晃起來。他們調整各自的位置保持平衡，推動著塑膠布包著的屍體。船隻更激烈地搖晃起來，水都濺了起來，但激烈的搖晃反而幫了大忙。在船隻不知道第幾次傾斜時，包著屍體的塑膠布翻轉著掉進了湖裡。

俊介用力嘆了一口氣。轉頭一看，發現藤間合起雙手。俊介將視線移回湖面，注視著湖面的漣漪。

確認屍體沒有浮起後，俊介再度開始划船。藤間中途打電話給關谷，關谷打開了車頭燈，所以他們知道了前方的目標。

「有沒有被人看到？」把船放回原位，坐回車上後，藤間問關谷，關谷把車子開出去的同時搖了搖頭說：

「沒有人來這裡，而且在岸上完全看不到你們的船。」

「因為真的很黑。」

「我真的不知道該如何感謝各位……」坐在副駕駛座上的俊介低頭道歉。

「並木先生，拜託你，請你不要再道歉了。這不重要，我們還有事要做。」坐在後方的藤間說。

「有事要做？什麼事？」

「這個嘛，」藤間抱著雙臂，靠在椅子上，「回到別墅就知道了。」

2

回到別墅時，幾乎所有房間的燈都暗了。藤間剛才打了電話，確認幾位太太都在藤間夫婦的房間，於是，俊介等人也都去了他們夫妻位在三樓的房間。

四坪大的和室內，美菜子、關谷靖子和藤間一枝圍坐在四方形的桌子旁。看到俊介他們走進房間，靖子最先開口問：「情況怎麼樣？」

「嗯，很順利。」她的丈夫回答。

「屍體完全沉入湖底了嗎？」一枝問自己的丈夫。

「應該是，我們處理得很周到，不至於會浮起來。」

三個男人也坐了下來。美菜子低著頭不發一語。俊介對著她的側臉說：

「費了很多工夫，妳要謝謝大家。」

美菜子聽到俊介這麼說，抬起了頭，藤間用力搖了搖手說：

「這種事不重要，並木先生，你也別再責怪美菜子了，因為並不是她一個人的過錯。」

俊介低頭不語。

「應該沒有吵醒君子吧？」關谷問妻子。

「沒問題，我剛才去看了她，她睡得很熟。我想是藥物發揮了作用。」

「太好了。」

「我剛才也說了，知道秘密的人越少越好，對了，關於那件事，有沒有查到什麼線索？」藤間輪流看著幾個女人問道。

「從她的皮包裡找到了這個。」關谷靖子把一個小紙包放在桌子上，打開之後，裡面是一把鑰匙，掛著一個金色小牌子，上面寫著 0305 的數字。

「沒有沾到指紋。」

「這是湖濱飯店的鑰匙。」關谷說。

「她果然訂了那裡的房間。」藤間說。

「她為什麼要住在這裡？東京到這裡的距離可以當天來回。」

關谷歪著頭納悶，他的妻子戳了戳他的腋下說：

「你真的以為她來這裡是為並木先生送忘記帶的資料嗎？怎麼可能嘛。」

「啊？喔喔，是這樣啊？」關谷瞥了俊介一眼。

「她一開始就打算住下來，所以可以認為她明天也向公司請了假，對嗎？」

藤間問俊介。

「她是這麼說的。」俊介回答。

「希望她沒有告訴第三者，她要尾隨並木先生來到姬神湖。」

「應該不會，因為我們的事沒有告訴任何人。」

「我想也是。」關谷嘀咕著。

「總之，」藤間說，「幸好查到了她住宿的飯店。如果沒有找到她住宿的地方，飯店方面遲早會覺得不對勁。一旦發現她在這裡失蹤，警方在某種程度上也會認真展開搜索，所以無論如何都必須讓她回去東京。如果回到東京之後再失蹤，警方就不會那麼積極偵辦。」

「你說要讓她回東京，問題是她已經死了……」俊介小聲嘀咕。

「我的意思是偽裝成她已經回東京，既然她入住了湖濱飯店，」藤間想要拿起鑰匙，又慌忙把手縮了回來，「就必須退房，而且不能引起飯店員工的懷疑。」

「所以要找人代替她退房的意思嗎？」關谷問，「而且要變裝，偽裝成她的樣子？」

「不需要那麼大費周章，關鍵在於不要引起別人的注意。對飯店員工來說，客人退房手續只是日常生活中的小事，重點在於要融入他們日常的記憶中，如果不自然的變裝反而會留下印象，還不如什麼都不做。」

關谷點了點頭，似乎認為很有道理。

「那個……」美菜子緩緩抬起頭看著藤間說：「我可以做這件事。」

所有人都凝視著她。

藤間舔了舔嘴唇問：「妳有辦法做到嗎？」

「可以，交給我吧。」

「不，這太危險了。」俊介說，「妳目前的精神狀態根本無法心平氣和地處理事情，卻要在別人面前——」俊介將視線移向藤間，「藤間先生，你也認為很危險吧？」

「不會有事，我會妥善處理。」

「我知道妳想要幫忙，但目前的狀況無法冒險，妳就乖乖留在這裡。」

「不，並木先生，不瞞你說，我原本就在想，能不能請美菜子當替身。」

俊介眨了幾次眼睛問：「你是認真的嗎？」

「我當然是認真的，因為只有美菜子有辦法當她的替身。我剛才說，只要不會讓飯店員工留下印象，就不需要變裝，但年紀和身材還是相近一點比較好。目前這些人中，只有美菜子最像死去的她。」

俊介看了看微胖的關谷靖子和藤間一枝的臉，她們兩個人互看了一眼，然後都低下了頭。

「美菜子從年輕時就看起來比實際年齡年輕，身材也很好。」靖子嘟囔著。

「無論是死去的她還是美菜子，都是並木先生挑中的女人，外型很像也很正常。」關谷自言自語地說。

「所以，無論如何都希望由美菜子做這件事。」藤間輪流看向俊介和美菜子。

「妳行嗎？」俊介問她。

「我可以。」她對丈夫說，接著又看著藤間說：「只要上午去飯店退房就行了，對嗎？」

「還需要把她的行李拿出來，而且絕對不能在房間和行李上留下指紋。在離開房間之後，不能戴手套，仍然要注意指紋的問題。因為目前這個季節戴手套太奇怪了。妳有辦法做到嗎？」

美菜子想了一下後回答說：「我可以，幾點去退房比較好？」

「那種類型的飯店通常都是上午十一點退房，我想十點到十一點之間是櫃檯最忙碌的時間帶。」

「人多的話，被人看見的危險性也會增加。」關谷說。

「如果只是經過的路人，即使人再多也沒關係，我擔心的是飯店員工會留下印象，因為到時候警察很可能去湖濱飯店瞭解情況。」

「所以我明天上午十點左右去飯店就行了嗎？」

「雖然是這樣。」藤間露出了沉思的表情，「但是我認為要事先去看一下高階英里子的房間，以防萬一。如果美菜子收拾行李花太多時間，耽誤了退房時間就很不妙。」藤間看了自己的手錶說：「一個小時後，天就亮了，我覺得在天亮之前，先去看一下房間比較好。美菜子，妳可以和我一起去嗎？」

「現在嗎？」

「對，然後妳最好就留在房間內，十點的時候，帶著行李，假裝是住宿的客人退房。」

「退房之後就回來這裡嗎？」

「不……」藤間看向俊介，「之後就由並木先生接手。」

「我要做什麼？」

「首先，你開車去飯店，要盡可能避免引起其他人注意，然後從美菜子手上接過行李。美菜子，請妳走路回來這裡。」

「藤間先生，你該不會……」俊介用力吸了一口氣後問，「要我把英里子的行李送回東京？」

藤間閉上嘴巴，低下了頭，然後再次看著俊介說：

「不妨認為無法隱瞞高階英里子曾經來過這裡這件事，我們當然沒必要主動告訴警察，也最好不要被人發現，但必須作好心理準備。我們要偽裝成她雖然來過這裡，但來了之後又回了東京，為了偽裝成她回去東京之後才失蹤，她的行李還是在她家裡比較好。」

　俊介撥了撥劉海，然後抓著頭說：「我瞭解你的意思。」

「我知道這不是一件容易的事，但既然要偽裝，就不能有破綻。別擔心，我會和你一起去。」

「你也去嗎？」

「因為無論做任何事，單槍匹馬的話必定會有疏漏，更何況是去已經死去的情人家裡，你也無法保持平靜。其實最好由我一個人去做這件事，但我不知道她住在哪裡。並木先生，你願意幫這個忙嗎？」

　所有人都看著俊介，他輕輕點了點頭。

「方針已經決定了。美菜子，那就趕快去飯店吧。」藤間站了起來。

「等一下，我也一起去飯店。」俊介說。

「不，我剛才也說了，你——」

「我自認為心情很平靜，而且不是只是要確認英里子的行李嗎？我不會粗心大意，留下任何指紋。」

「但是……」

「藤間先生，」美菜子開了口，「我和我先生一起去，我也會小心行事。」

藤間露出一絲猶豫的表情，然後看向其他人，似乎在徵求其他人的意見，但沒有人開口。

「關於她的行李，」美菜子又說了一次，「我會負起責任。」

藤間點了點頭，吐了一口氣說：

「好，那就交給你們兩位。」

俊介決定開自己的車去飯店，坐在副駕駛座上的美菜子沉默不語，俊介也沒有說話，可以清楚聽到輪胎輾壓泥土的聲音。

把車停在停車場後，走進了飯店。寬敞的大廳內關了超過一半的燈，沒有半個人影，櫃檯也沒有人。兩個人默默走向電梯廳。

0305 室是單人房，床罩也沒有掀開。一個黑色的小行李袋放在電視旁，俊介正準備伸手去拿時，美菜子叫了起來：「不可以動。」

「我只是看一下裡面有什麼東西。」

「藤間先生不是叮嚀我們，不要隨便亂動東西嗎？」
「反正在收拾行李的時候，不是都會碰到嗎？」
「我知道你很想看情人的遺物，但是現在就聽我的。」
美菜子說完後，又補充說「拜託了」。
俊介仍然注視行李袋片刻，最後終於離開了行李袋前。
美菜子檢查著有抽屜的收納櫃和壁櫥。她戴著手套。
俊介探頭向浴室內張望，洗手台上放著定型噴霧和香水瓶，和她帶來的牙刷。淋浴間沒有使用的痕跡。
「好像並沒有太多行李。」美菜子終於開了口。
「可能入住之後，就馬上去了我們那裡。」
「還噴了香水。」她看著洗手台說。
俊介沒有回答，走向窗邊的桌子。菸灰缸裡有兩個菸蒂，旁邊的垃圾桶內有揉成一團的面紙。
「美菜子，妳沒問題嗎？」
「有什麼問題？」

「妳一個人在這裡沒問題嗎？」

「如果我說有問題，你會留下來陪我嗎？」

俊介雙手放在口袋裡，聳了聳肩。

「如果這麼做，可能會被藤間先生罵，說我們破壞了他的計畫。」

「是啊。」美菜子拿下了床罩，坐在床上。「她為什麼訂單人房？應該是訂不到雙人房。」

俊介也沒有回答，在椅子上坐了下來。

「果然是我的錯。」

「你不必勉強扛這種責任，你心裡根本沒這麼想吧？」

「沒這回事，原因在我身上。」俊介嘆了一口氣，搖了搖頭，「沒想到會變成這樣的結果……」

「對不起，」美菜子說：「我殺了你心愛的人，你其實恨死我了吧。」

俊介看著她，她也注視著丈夫，嘴角似乎露出了笑容。俊介瞪大了眼睛，然後移開了視線。

「不知道，如果說不恨妳，就變成在說謊……吧。」他雙手抱著頭，「唉，但老實說，現在根本沒有心情想這些，我無法相信我們正在做的事，都快瘋了。」

「如果你沒有回來，就不會有這些事了。」

「現在說這些……」

俊介看向床頭的時鐘。快凌晨五點了。

「他是什麼樣的人？」俊介問。

「你說誰？」

「藤間先生啊，他為什麼接連發號施令？」

「因為他向來這樣，無論發生任何事都處變不驚。聽說他也是優秀的醫生，我以前曾經聽說，他很愛看推理小說。」

「推理小說喔，」俊介從椅子上站了起來，「他為什麼不顧一切幫妳？不是只有他而已，其他人也都一樣，他們都不計代價想要救妳，即使關係再好，這可是殺人命案。如果是我，就無法做到。」

「他們不是說了，這也是為了他們自己嗎？」

「即使是這樣，」俊介目不轉睛地低頭看著妻子，「但好像有什麼特別的羈絆，讓你們團結在一起。」

美菜子歪著頭，坐直了身體問：「什麼意思？」

「就是字面上的意思，你們之間好像有某種秘密的羈絆。」

她聽了俊介這番話，看著半空，臉上沒有任何表情。

「是啊，也許是，也許有某個你不知道的原因讓我們團結在一起。」

俊介站在那裡，注視著她的側臉，隨即點了點頭。

「明天上午，其實也只是幾個小時後，我會來接妳。妳辦理完退房手續後，打我的手機，千萬不要使用飯店的電話。」

「我知道，我會用這個。」美菜子拿起了高階英里子皮包裡的手機。

俊介離開飯店後，把車子停在路旁。他下了車，走向姬神湖。天色漸漸轉成魚肚白，但湖畔的商店還沒有開始營業。

湖畔有一片木板露台，可以欣賞湖面。他站在那裡，看向遠方。目前還無法看到對岸，但可以看到湖面的水波隨著輕風蕩漾。

他在胸前合起雙手，閉上眼睛，小聲說了聲「對不起」。

離開之前，他看向放置船隻的碼頭，所有的出租船都翻了過來。他去附近看了一下，沒有看到其他船。

俊介皺起眉頭，納悶地歪著頭，邁步離開了。

3

「你說船嗎？」藤間的臉頰抽動了一下。

俊介回到藤間夫婦的房間，關谷夫婦已經離開了。

「對，我們搬屍體的時候，不是有一艘船是從湖中拉上岸的狀態嗎？其他的船全都翻了過來，但是我剛才去看了一下，發現我們用的那艘船也翻過來了。」

「這樣啊……」藤間握起右手的手掌，對著裡面吹氣。

「租船業者還沒有來，所以我很好奇，到底是誰做了那種事……」

「雖然很奇怪，」藤間用指尖抵著額頭中間，「但只能認為是租船業者把船翻了過來，不是嗎？除此以外，還會有什麼可能？」

「我就是搞不懂，所以想告訴你這件事。如果是租船業者，當然就沒問題，但是……」俊介吞吞吐吐。

「怎麼了？」

「我只是很好奇，那艘船是什麼時候翻過來的。雖然不知道是誰，但反正有人在我們棄屍之後，去了租船碼頭。那個人可能剛好看到了我們所做的事，所以想要檢查那艘船。」

「原來是這樣，你在擔心這件事。」藤間靠在和室椅上，挺直了身體。「但是，並木先生，我認為不必擔心這件事。」

「為什麼？」

「即使有人看到我們，也不會想到我們是把屍體丟進湖裡。屍體已經用塑膠布包起來了，而且我們丟在湖中央，在岸上根本看不到。如果屍體被人發現，或許會產生聯想，回想起這件事，但是我們處理得很周到，我認為不必擔心屍體會被人發現。」

藤間說到這裡，豎起了食指說：

「而且，那個目擊者為什麼要把船翻過來？如果想要調查那艘船，只要用手電筒照一下就行了。如果發現我們棄屍，只要打電話給警察就好，但是，我們並沒有看到警察來這裡，這代表那個人，」藤間把臉湊到俊介面前說，「什麼都沒看到，去那裡就只是把船翻過來而已，只有租船業者會去做這種事。我的看法有什麼矛盾之處嗎？」

「不……沒有。」俊介搖了一次頭。

「我能夠理解你很緊張，我也認為十二分的謹慎並沒有問題，只不過假設因為過度謹慎而開始擔心，就毫無意義，你現在必須思考的問題，就是如何把高階英里子小姐的物品送回她位在東京的家中，必須動作迅速，而且不能讓任何人看到。」

俊介沉默片刻，很快點了點頭。

「我瞭解了，你說得沒錯，現在思考遭到目擊的可能性也無濟於事，我稍微休息一下，為明天的行動養精蓄銳。」

「這就對了，我也要睡了。我有安眠藥，如果你需要的話。」

「不，我不用了。」俊介單腿跪地站了起來。

這時，剛才一直在一旁聽他們說話的一枝問俊介：

「請問你要在哪個房間休息？」

「那當然……」俊介說到這裡，停了下來，咬著嘴唇。

「你在那個房間恐怕睡不著吧，雖然已經清理過了，但……」

「我去客廳。不好意思，可以借我毛毯或是睡袋之類的東西嗎？」

「這樣對身體不好，還是在床上好好休息……」

藤間的話還沒說完，俊介就開始搖手。

「我今天晚上不打算睡覺，也不可能睡著，只是想一個人靜一靜，好好思考今後的事，客廳很舒服，很適合思考。」

藤間聽了他的回答，輕輕嘆了一口氣，然後對妻子說：「妳拿毛毯給他。」

俊介走去客廳，把毛毯丟在椅子上。他點了菸，夾在手指上走去了廚房。他打開冰箱，冰箱內還有晚上烤肉時的罐裝啤酒。他拿了兩罐，回到了桌子旁。

他邊抽菸，邊開始喝啤酒。窗前的窗簾拉開了一條縫，外面的天色微微亮了。

他從口袋裡拿出手機，找出了用「ＥＴ」這個名字登記的號碼。

他抽完菸之後，刪除了這個號碼。

一個月前左右，俊介在都內的某家飯店內。

「真的嗎？」躺在他身旁的英里子坐了起來，「你為什麼這麼認為？」

「因為我發現了證據，在意外的情況下。」

「什麼證據？」

「就是這個。」俊介用指尖拿起了保險套的袋子。裡面的保險套已經拿出來用了，所以角落撕開了，「但是還沒有使用。」

「在哪裡發現的？」

「在她皮包裡，因為我要用零錢，所以打算向她借，於是就找了一下，結果發現偷偷藏在皮包內側的小口袋裡。」

「但不能就憑這一點就認定你太太外遇啊。」

「那她為什麼隨時帶在身上？又不是想要和人發生一夜情的小女生。」

「和你啊，」英里子轉頭看著俊介，「她不是也會和你做嗎？」

「妳別開玩笑了，我不是說過，我和她不會做嗎？」

「誰知道呢？」

「我們結婚之後，就從來沒有避孕過，因為當時我認為趕快生下我們的孩子，是建立幸福家庭的捷徑。如果只有她之前生的那個孩子，她應該也會覺得有點抬不起頭。既然這樣，為什麼需要保險套？」

「是喔，但這不重要，」英里子拿起床頭櫃上的香菸，「你有沒有質問你太太？」

「不，目前還沒有？」

「為什麼？你害怕她承認有外遇嗎？」

「怎麼可能?」俊介微微晃動身體苦笑起來,「如果她會乾脆承認,我會馬上質問她,但是,她不可能承認。因為她一旦承認,就必須和我離婚,而且也拿不到贍養費。」

「那你有什麼打算?」

「這就是重點。」俊介拿了英里子嘴上的香菸吸了一口之後,又放回了她嘴裡。

「如果她有男人,那就太好了。我無論如何都想掌握證據,所以我想和妳商量一件事。」他摟住了英里子裸露的肩膀,「我希望可以掌握她外遇的證據,如果知道對方那個男人是誰,那就更好了。」

「你要我去做這件事?」

「妳不是說,以前曾經在偵探事務所工作嗎?」

「是徵信社,而且只做了半年。」

「都差不多啦,而且即使只做了半年,有經驗和沒經驗差別可大了,妳只要運用當時學會的技巧和人脈,對妳來說,應該並不是太困難的事。」

「你說得倒簡單,而且我也要上班啊,不可能整天監視你太太。」

「妳的工作我會想辦法，而且不需要整天監視她，我大致能夠猜到對方是誰，八成是和應試有關的人。」

「你說的應試，就是你太太的兒子要考私立中學嗎？」

「對，她和在補習班認識的幾個家長，一起成立了應試社團之類莫名其妙的團體，只要一有空，就和他們見面。其他家長都是夫妻一起參加，所以可能和誰的老公搞在一起。」

「能夠瞭解彼此煩惱、志同道合的人發展為男女關係嗎？嗯，似乎很有可能。」英里子笑了笑之後，在菸灰缸裡捺熄了還沒有很短的香菸。

「如果不是某個老公，可能就是補習班的人，可能是升學指導的人，或是補習班的老師。我曾經聽她提過，那個應試社團的人還曾經招待補習班老師，雖然我搞不懂這種到底能夠發揮多大的作用。」

「你的意思是，這種招待可能升級，有的母親主動獻身？」

「不知道，所以這些事也要請妳一起調查。」

「原來是這樣。」

英里子下了床，披上原本放在椅子上的浴袍，然後從冰箱裡拿出了依雲礦泉水，站在窗邊拉開了窗簾。附近並沒有比這家飯店更高的建築，只能看到遠處的廣告塔。

她咕嚕一聲喝了一口水，轉過頭說：

「好，我幫你調查。」

「我就知道妳會這麼說。」

「但是，我問你，」英里子回到了床上。回到床上後，她趴在那裡，注視著俊介，「你是認真的嗎？」

「我當然是認真的，我要戳穿她外遇的事。」

英里子搖了搖頭，一頭長髮也跟著飄動。

「我不是問你這件事，而是你和你太太離婚之後，真的會和我結婚嗎？」

「所以我才找妳去做這件事啊。」

英里子燦然而笑，拿著依雲礦泉水，摟住了他的脖子。

俊介的第二罐啤酒喝到一半時，聽到背後有動靜。回頭一看，發現坂崎君子穿了一件長T恤，一臉困惑地站在那裡。

「妳好。」俊介點頭向她打招呼。

「你已經起床了嗎？」君子似乎看到了桌子上的東西。桌上有兩罐啤酒和菸灰缸，以及香菸、打火機。「你似乎……並不是早起，你去了哪裡嗎？」

「不……為什麼？」

「因為你的衣服。」君子抬眼看著他，「你並沒有穿居家服。」

俊介仍然穿著西裝外套和長褲。

「喔，妳是說這個啊，」他嘴角露出了笑容，「我昨天晚上臨時有事，不得不回東京一趟。」

她驚訝地張大了嘴。

「但是在回東京的途中接到電話，說問題已經解決了，所以我又掉頭回來這裡。只不過回來之後也睡不著，雖然知道在別人家的別墅這麼做很沒規矩，但我正在喝啤酒。」

「原來是這樣。」君子點了點頭，似乎接受了他的說明。

「妳身體還好嗎？」

「託你的福，已經好多了。」她走到桌子旁，在俊介對面坐了下來，拿起毛毯問：「可以借用一下嗎？」

「請用，這裡早晚都很涼。」

「的確很適合讀書。」她把毛毯披在肩上。

「妳要不要喝什麼飲料？是不是喝點熱飲比較好？」

「不，你不用費心，我不是重病人，如果我想喝什麼，會自己去拿。」

「但還是要小心，不要太累了。」

「是啊，我知道。我老公反對我來這裡，說我會無法適應環境的變化，即使來了，到時候還是躺在床上，就會給大家添麻煩。雖然很不甘心，但還是被他說中了。」

「不會給別人添什麼麻煩，但出門在外，只能躺在床上，最痛苦的還是妳自己。」

坂崎君子露出了笑容。

「不瞞你說，其實我也不太想來這裡，但留在家裡和婆婆大眼瞪小眼也很尷尬。」

「你們和婆婆住在一起嗎？」

「對啊，已經五年了。雖然在結婚前，他答應我絕對不會和婆婆同住。」她看著俊介，微微歪著頭說：「啊喲，我怎麼會向你抱怨這些事？」

「家家有本難唸的經。」他拿起香菸，但看了君子一眼，立刻放了下來。

「沒關係，你可以抽。」

「但是……」

「你這樣顧慮我，我反而更痛苦。而且其他人都在的時候，不是不能抽菸嗎？因為有一大堆規定。」

「那我就不客氣了。」俊介把香菸叼在嘴上，用打火機點了火，吐出的煙飄向挑高的天花板

「並木先生，我沒想到你會來參加，還以為只有美菜子和章太兩個人會來……」

「因為章太不是我的親生兒子嗎？」

「應該說是因為美菜子很少提到你的關係，因為我聽說你對考私立中學這件事漠不關心。」

「可能是因為她心裡沒有我吧。」俊介的指尖夾著香菸，托著腮說道。

君子裹緊了毛毯，然後看著俊介說：

「你的出現，應該讓很多人改變了原來的計畫。」

「什麼意思？」

她聽了俊介的問題，移開了視線。當她眨眼時，長長的睫毛也上下擺動。

「請問這句話是什麼意思？」他又問了一次。

君子緩緩把頭轉向他的方向，她已經收起了臉上的笑容。

「並木先生，你愛美菜子嗎？」

正在抽菸的俊介聽到這個問題，不小心被嗆到了。「問這種問題也太沒禮貌了。」

「我認為是很普通的問題，被問到愛不愛太太而感到不知所措，不才是很奇怪的事嗎？」

「真是服了妳。」俊介抓了抓頭問：「妳為什麼問我這個問題？」

「因為如果你愛美菜子，最好不要繼續和他們來往。」

「妳說的他們是指藤間先生他們嗎？」

君子注視著俊介，他笑了起來。

「為什麼？雖然妳這麼說，但妳不是也和他們來往嗎？還有妳的先生。」

「說句心裡話，我已經不想和他們來往了，但我先生欲罷不能。」

「我搞不懂，」俊介搖了搖頭，「到底有什麼問題呢？他們不是想要讓孩子順利考上私立中學，共同合作，一起努力的家長嗎？」

「起初或許是這樣，但現在漸漸變了調。他們……」君子皺起眉頭，用力深呼吸後繼續說了下去，「他們並不正常。」

俊介捺熄了香菸，向她的方向探出身體問：

「怎麼不正常？請妳把話說明白。」

君子把頭轉到一旁，舔了舔嘴唇，睫毛上下抖動著。

「美菜子，」君子終於開了口，「她沒有問題，至少目前還沒有問題。」

「什麼沒問題？難道有什麼危險的事嗎？」

君子沒有回答。她低下頭，看著地上。

「坂崎太太。」

「對不起。」她站了起來，把原本披在身上的毛毯放在旁邊的椅子說，「我說了一些奇怪的話，但是我無法繼續透露更多的情況。我相信你遲早會發現，但我還是覺得你越早發現越好，所以才會向你透露一些。」

「請等一下，妳這樣說到一半，我不是會很好奇嗎？請妳把話說完。」

「我不想這麼做，但又無法不說……對不起。」她鞠了一躬，打算走出客廳。

「坂崎太太。」俊介叫了她一聲，她打開門時，轉過頭說：

「關谷先生當然也有問題，但特別要注意藤間先生，因為美菜子並沒有把關谷先生放在眼裡。」

俊介眨了眨眼睛問：「到底是什麼……？」

「對不起，晚安。」君子微微欠身後，走了出去。

4

俊介和坂崎君子剛才一樣，把毛毯像斗篷一樣披在身上。掛鐘發出了滴答滴答的聲音，菸盒很快就空了，他打開了電視，換了幾個頻道後，停在ＮＨＫ台，但是他並沒有看電視上的影像，不時閉上了眼睛，卻始終沒有發出均勻的鼻息聲。

早上七點剛過，藤間一枝起床，她的丈夫也跟在她身後出現了。藤間揉著自己的肩膀，在俊介身旁坐了下來。

「你有沒有睡著？」

「沒有……」

「這樣啊，我也沒什麼睡，你開車沒問題嗎？」
「沒問題。」
「是嗎？但是你不要硬撐，如果你想睡，或是覺得累，要馬上告訴我，可以換我開車。」
「再麻煩你了。」
「請問她家住在哪裡？」藤間說完後，又壓低嗓音補充說：「我是說死去的她。」
「高井戶。」
「所以走中央自動車道比較好，雖然可能會有點塞車。」
「早安。」關谷夫妻道著早安走了進來，關谷懶洋洋地走到俊介他們身旁坐了下來，關谷靖子走去廚房。
「孩子們也差不多起床了吧？」藤間看著掛鐘，自言自語地說。
「不知道他們睡得好不好。」關谷也自言自語地說。
「昨天白天的時候，津久見老師把他們操得那麼厲害，一定都睡得很好。」
「喔……有道理。」關谷撥起有點稀疏的劉海，輪流看著俊介和藤間說：「所以你們接下來要……？」

「我打算十點出發，然後在飯店的停車場等美菜子打電話給我。」

「這樣比較好。」藤間也點了點頭。

「要怎麼向孩子們說明呢？」關谷問藤間。

「我們出門時，小孩子應該已經開始上課了，津久見老師和坂崎先生都會在那棟別墅，所以暫時可以瞞過他們。問題在於午餐的時候，可以請你告訴他們我和並木先生去察看明天戶外烤肉的場地嗎？」

「對喔，明天中午也要烤肉。」關谷皺起眉頭說：「雖然完全沒有這種心情。」

「請你努力保持平靜，小孩子都很敏感，只要我們的態度不對勁，他們立刻會察覺發生了什麼狀況。」

「也許吧，千萬不能讓小孩子察覺有異。」

不一會兒，坂崎君子也走進了客廳。她穿著白色運動衣和牛仔褲。

「給各位添麻煩了，我已經完全好了，接下來有任何事，都儘管吩咐我。」

她巡視所有人之後，鞠躬說道。

「妳真的沒問題嗎？千萬別太累了。」藤間問。

「沒問題，只是沒辦法陪你們打網球。」

所有人聽到她這句話，都立刻陷入了沉默。

「啊啊，對了，如果妳身體好了，今天可以請妳去出租別墅那裡嗎？」關谷說。

「我會去，今天輪到我們家值日吧。」君子微笑著點了點頭，看向廚房說：

「不好意思，今天我也可以一起幫忙廚房的事。」

她走進廚房後，關谷用力嘆了一口氣。

「忘了還有她。」

「反正她要去那棟別墅，所以問題不大。幸好她的感冒好了，如果她在這棟房子走來走去，我們之後反而不好做事。」藤間說完這句話，看著俊介說：「你家的章太可能會對美菜子沒有一起吃早餐感到奇怪，請你想好向他解釋的理由。」

「我知道了。」

不一會兒，津久見和坂崎帶著幾個小孩子回到了這棟別墅。

大家一起在客廳吃早餐，總共有十二個大人和小孩，桌子旁坐不下這麼多人，於是把下午茶桌從院子裡搬了進來。

早餐的內容很簡單，麵包、火腿蛋和沙拉，外加果汁。幾個小孩子可能剛起床不久，都很安靜地吃著早餐，章太也坐在俊介旁默默吃著早餐，並沒有問母親的事。

沒想到坂崎發現了。

「咦？美菜子呢？」

藤間和其他昨晚事件的當事人都同時看向俊介。

俊介擠出笑容看著坂崎說：「她說她有點頭痛，所以在房間休息。」

「是嗎？真是傷腦筋，」坂崎看著妻子說：「該不會是妳的感冒傳染給美菜子了？」

坂崎君子不安地眨著眼睛，俊介搖了搖手說：

「沒那麼嚴重。不是感冒，要怎麼說，就是女性特有的……」

「喔。」坂崎拍了拍自己的頭，「不好意思，我沒想到。」

「媽媽還好嗎？」章太問俊介。

「沒事，你不必擔心，但上午就讓媽媽好好休息。」

「好。」

吃完早餐後，幾個孩子似乎終於有了點活力，在院子內享受了片刻的自由活動時間，家長都露出嚴肅的眼神看著他們。

坂崎君子離開眾人，在吧檯旁看雜誌。俊介走向她說：

「今天早上謝謝妳。」

「啊……不客氣。」

「關於妳剛才說的事，我想知道更進一步的情況。」

「我已經說了，」她看了四周後，壓低聲音說：「只要你注意觀察，遲早會知道。」

「我目前也略知一二。」

君子驚訝地瞪大了眼睛，俊介看著她的眼睛說：

「美菜子似乎有情人，我當然是指我以外的男人。」

君子倒吸了一口氣，她的臉一直紅到耳根。

「對方是——」

俊介說到這裡，君子看向他的後方。俊介回頭一看，發現是坂崎的大兒子拓也站在那裡。

「媽媽，妳感冒好了嗎？燒退了嗎？」

「嗯，沒事了，對不起，讓你擔心了，你今天也要好好用功。今天輪到我們家值日，所以爸爸和媽媽也會去陪你們。」

「這樣啊。」拓也露出一絲喜悅。

「對了對了，我要拿換洗衣服給你。」君子帶著拓也走出客廳。

俊介目送他們母子離去的背影，身後傳來藤間的聲音。

「你剛才和君子聊什麼？」

「啊，沒什麼啊，只是問她昨天晚上有沒有睡好。因為我想如果她發現異常就慘了。」

「原來是這樣，」藤間點了點頭，「的確要提防她，因為即使告訴她實情，她也未必願意提供協助。」

藤間看著客廳的門，俊介注視著他的側臉。藤間可能察覺了俊介的視線，轉頭問：「怎麼了？」

「不，沒事。」

「並木先生，」坂崎走過來問俊介，「昨天那個、我忘了她叫什麼名字，就是你下屬的那位小姐……」

「高階嗎？」

「對，沒錯，就是高階小姐。她已經回去了嗎？她昨晚不是住在這裡嗎？」

「不，沒有。」俊介瞥了藤間一眼。

「她在飯店訂了房間。」藤間說。

「啊？是這樣嗎？她昨天沒有這麼說，她住在飯店，所以是湖濱飯店嗎？」

「這就不知道了。」

「她是不是還在飯店？要不要打電話請她來這裡？」坂崎對俊介說。

「她說今天一大早就會回去，所以、那個，我想她已經離開了。」

「喔，這樣啊……」

「你找她有什麼事嗎？」

「不是啦，我只是覺得既然她都已經來了，不如留下來玩一玩。她離開之前，會不會來向你道別？」

「我想不會，因為她還要回去上班。」

「也對，她並不是來這裡玩的。」

坂崎輕輕拍著後脖頸離開了，藤間注視著他的背影小聲地說：

「因為突然有年輕漂亮的客人出現，他可能有什麼期待，真是輕浮的人，這種人守不住秘密。」

俊介也默默點頭。

上課時間快到了，孩子們回去出租別墅。津久見和坂崎夫婦跟著小孩子一起離開後，藤間重重地嘆了一口氣。

「真是累死我了，閒雜人等終於離開了。」

「真羨慕他們，因為他們完全不知道發生了什麼事，也不知道我們有多辛苦。」關谷靖子撇著嘴角說。

俊介站在他們面前鞠了一躬，然後微微低著頭開了口。

「很抱歉，給各位添了麻煩。我沒有睡覺，正確地說，是因為睡不著，所以想了很多事。我無法原諒自己因為美菜子，連累各位犯罪。如果你們其中有一個人，認為應該勇敢報警，我也同意。」

「並木先生，這個問題已經有了結論，所以你不要在這個問題上再胡思亂想了。」藤間搖著頭說，「我和我太太都已經下定了決心。」

「我們也一樣。」關谷也接著說，然後徵求太太的同意，「對不對？」他太太也點了點頭。

「我為剛才說很羨慕坂崎先生他們道歉，我不是這個意思，請你不要放在心上。」

「但是……」俊介說到一半，藤間伸手制止他繼續說下去。

「你不要再胡思亂想了，趕快準備出門吧。我們該考慮接下來的事。」

俊介輕輕吐了一口氣，點了點頭。

坂崎不知道第幾次忍著呵欠。津久見正在前方用白板教四個孩子數學，沒有人聊天。君子在津久見身旁協助發講義。

「現在休息十分鐘，下一節是自然課。」

津久見一聲令下，四個孩子同時站了起來。坂崎也伸著懶腰，順便看向時鐘。目前十點剛過。

他向妻子招了招手。

「我忘了帶東西過來，我回去我們住的別墅拿，妳就繼續在這裡幫忙老師。」

「沒問題，你忘了帶什麼？」

「書啊，文庫本的書。」

「文庫本？你有帶來嗎？」

「因為我想聽老師上課會很無聊，所以就帶了一本過來，我去拿一下。」

「小孩子在上課，你要在旁邊看書？」

「有什麼關係，反正閒著也是閒著。」他說完這句話，就走向玄關。君子不知道說了什麼，但是他沒有回頭。

走出出租別墅，他跑到馬路上，走向停在那裡的登山車。他從口袋裡拿出鑰匙，解開了鎖鏈，然後騎上登山車。

他用力騎了起來，但是來到藤間的別墅前，也沒有放慢速度，雙腳反而踩得更加用力，轉眼之間就經過了藤間的別墅前。

離開別墅區後向左轉，直線騎了一段距離後，就看到了湖濱飯店的招牌。

他把腳踏車停在飯店前的路旁，然後走向飯店。持續有車子從飯店內駛出來，每次看到長頭髮的女人坐在駕駛座上，他就停下腳步確認。

他走進大門，穿越停車場，正打算走向飯店玄關時，看到開著一輛深藍色西瑪的人的側臉，他慌忙躲到旁邊的車子後方。他看到了並木俊介，而且藤間坐在副駕駛座上。

坂崎忍不住咂著嘴。手錶上的時間指向十點三十五分。他在那裡站了三分鐘後，倒退著走向飯店大門。坐在西瑪上的兩個人並沒有發現他。

走出大門時，坂崎又回頭看了一眼，剛好看到並木俊介打開車門，走下駕駛座。並木看向飯店的玄關，坂崎也跟著看向那個方向，忍不住瞪大了眼睛。

並木美菜子正從玄關走向並木的車子。美菜子穿著白色無袖洋裝，手上拎著一個行李袋。

美菜子關上後車座的車門，俊介立刻發動了引擎，把車子開了出去。他聽到美菜子急促的喘息聲。

「沒有遺漏什麼東西嗎？」藤間問。

「應該沒有。」

「除了指紋以外，妳也沒有在房間留下其他痕跡吧？」

「我十分小心，飯店的收據我也放在皮包裡了。」

「這樣啊，但這張收據可能要處理掉。總之，辛苦妳了。」

「你不需要對美菜子說安慰的話，她是自作自受，反倒是她，再怎麼向各位道歉也不夠——妳說對不對？」

坐在後車座的美菜子聽了俊介的話，小聲回答說：「是啊。」

之後，車內暫時陷入了沉默。俊介的車子停在別墅前時，藤間才終於開了口。

「我們現在要去東京，我們說妳今天早上因為不舒服，所以在房間內休息。如果小孩子或是坂崎先生他們問妳，妳就配合這個說法。」

「我瞭解了，給各位添麻煩了。」

美菜子下了車，走去通往別墅的路。白色洋裝在樹木之間若隱若現，最後消失了。

「那件洋裝和高階小姐昨天穿的衣服很像，光是看背影，兩個人的身材也一模一樣，我想應該可以瞞過飯店的員工。幸好她們兩個人屬於相同的類型。」

俊介聽了藤間的意見，也沒有吭氣，踩下了油門，看到一輛登山車迎面而來。

坂崎騎著登山車回到別墅區時，並木的西瑪出現在前方。坂崎煞車停了下來，西瑪也放慢了速度。車窗降了下來，藤間從車窗探出頭。他的臉上帶著笑容。

「你在幹嘛？」

「我想出來透透氣。」坂崎也擠出了笑容，「你們要去哪裡？」他探頭看向後座。雖然沒有看到並木美菜子，但她剛才拎著的行李袋放在後座。

「去看明天的場地，這幾個孩子都很認真讀書，所以想說休息的日子可以讓他們好好玩一玩。」

「原來是這樣。」

「目前只有君子一個人在那裡吧？她剛生完病，你最好陪著她。」

「嗯，我知道，我現在就回去。」

坂崎把腳放在腳踏車的踏板上，藤間點了點頭，關上了車窗。並木並沒有看坂崎一眼，就把車子開了出去。

坂崎騎著腳踏車回到了出租別墅，小孩子還在上課，君子坐在後方的座位寫筆記。當坂崎走進去時，君子露出了責備的眼神，但是並沒有說什麼。當自然課結束，中午休息時，君子用煩躁的語氣說：「你也去太久了。」

「因為我找不到那本書，可能忘在家裡了。」

「你到底在幹嘛？」

「這不重要，我想問妳一件事，昨天晚上，美菜子在別墅嗎？」

「美菜子？應該在吧。」

「妳確定嗎？妳就睡在並木家隔壁的房間，妳有看到她嗎？」

「我吃了藥之後睡得很熟，怎麼會知道房間外面的事？你為什麼問這種問題？」

「不是啦，我只是覺得有點奇怪。」

「奇怪？」

坂崎看向津久見和幾個小孩子，他們正在討論自然題。

「我從那棟別墅回來這裡的途中，看到美菜子從外面回來，她看起來完全不像生病的樣子，反而像是在外面過夜回來的感覺。」

「怎麼可能？」

「是真的，所以我才說很奇怪。昨天晚上是不是發生了什麼事。」坂崎把頭轉到一旁，咬著嘴唇。

「反正我睡著了，什麼都不知道。」君子回答後，似乎想起了什麼，又補充說：「啊，你這麼一說……」

「怎麼樣？」

「昨天半夜似乎很吵，好像就是並木先生他們的房間，一直有人走進走出……」

「真的嗎？」

但是，君子並沒有點頭，一臉煩躁地搖了搖頭說：

「不知道，也可能是我在做夢。你為什麼這麼在意？因為他們沒有找你，所以你不高興嗎？還是因為他們沒有找你一起去參加轟趴，所以在恨他們？」

「什麼轟趴？」

「你說呢？你不是比我更清楚嗎？」她從椅子上站了起來，走向津久見他們。

5

午餐都吃三明治。將藤間一枝做好的配料夾進麵包，再切成適當大小。美菜子把三明治裝在盤子裡，端到各個家庭的桌上。關谷靖子做了沙拉和果汁，美菜子端去餐桌，坂崎君子中途也來幫忙。

「美菜子，妳身體還好嗎？」君子問。

「已經完全沒問題了，好像只是太累了。」美菜子笑了笑說。

「是嗎？我還以為是我把感冒傳染給妳了。」

「沒這回事，妳不必擔心。你們那裡的情況怎麼樣？小孩子都有乖乖上課嗎？」

「有啊，大家都很認真。」

「我家章太也很乖嗎？有沒有認真聽老師上課？」

「章太更不用擔心了，我兒子最不專心。」

君子把加了很多水果的果汁倒進幾個杯子，放在托盤上送去餐桌。美菜子目送她的背影後，和關谷靖子、藤間一枝互看了一眼，但是三個人都沒有說話。

坂崎走過來問：「藤間先生和並木先生還沒有回來嗎？」

「剛才有打電話回來，」藤間一枝馬上回答，「說他們去了比較遠的地方，所以就在外面吃午餐，還說不會偷喝啤酒，請放心。」

「是喔，他們去了哪裡啊。」

美菜子把沙拉放在托盤上準備送去餐桌，他也跟了過來。

「妳身體沒問題嗎？」

「對，不好意思，讓你擔心了。」

但是坂崎並沒有從她身旁離開，把嘴巴湊到她耳邊問：

「昨晚發生了什麼事嗎？」

美菜子驚訝地看著他的臉問：「什麼事啊？」

「就是不尋常的事，還是說，那幾個人毫無理由地把妳從這裡趕出去了？」

「你在說什麼？」

「算了，等一下再說。」坂崎說完這句話，終於走開了。

和之前一樣，今天也是以家庭為單位坐在一起吃午餐。美菜子也和章太坐在一起。

「爸爸呢？」章太問。

「他和藤間先生一起出去了，晚上之前就會回來。」

「喔。」章太咬著三明治，美菜子在一旁看著他。當他們四目相對時，兒子訝異地皺起眉頭問：「幹嘛？」

「不，沒事。」美菜子笑了笑，喝了一口果汁。「複習的情況怎麼樣？有完成進度嗎？」

「我也不知道，妳去問津久見老師啦。」

「如果你真的很不願意，不必勉強讀私立中學，即使你讀我們家附近的公立中學，媽媽也覺得沒問題。」

章太一臉驚訝地看著母親問：

「為什麼突然說這種話？」

「為什麼……因為媽媽不想勉強你做自己不喜歡的事。」

「妳以前從來沒有說過這種話，妳不是說，現在考一所好學校，以後從好的大學畢業，就可以成為人生勝利組，所以現在要用功讀書，在這個國家，說到底還是學歷至上主義嗎？」

「這些話沒錯啊，只是讀書並不是人生的一切。」

「妳不要現在才對我說這些啊，」章太皺起眉頭，噘起了嘴，「妳不是說，如果不讀好學校，就會吃大虧嗎？還說那些貪官污吏都是東大畢業，所以才有辦法坐上那個位子，其他東大畢業的官員和警察會包庇他們，所以最後也不會坐牢，還說在這個社會，只有出人頭地才能成為人生勝利組嗎？為什麼突然改變想法？」

「章太……」

「我吃飽了。」章太合起雙手，起身離開了。

中央自動車道並沒有太多車子，俊介駕駛的西瑪沒有遇到塞車，正慢慢接近東京的方向。

「不需要我來開車嗎？」即將到達談合坂休息站時，藤間問。

「不用，你要上廁所嗎？」

「不，我不用。」

「那我們也不去談合坂，因為我想趕快抵達目的地。」

藤間沒有吭氣，似乎並沒有異議。

「我可以請教一件事嗎？」俊介開口問道。

「什麼事？」

「我百思不得其解，因為交情再怎麼好，你們為什麼為美菜子如此盡心盡力，搞不好所有人都可能被警方逮捕，但你們為什麼選擇這麼做？尤其你是冷靜的人，竟然會作出如此魯莽的決定。」

「關於這個問題，我已經解釋過了。美菜子就像是我們的家人，任何人都不希望自己的家人成為殺人兇手。」

「但終究只是像家人，並不是真正的家人。即使媒體打聽到和你們之間的關係，我覺得你們也可以顧左右而言他，矇混過去。雖然可能會影響小孩子的考試，但這能夠成為掩蓋殺人命案的動機嗎？」俊介注視著擋風玻璃前方，淡淡地說。

「並木先生，你似乎有話要說。既然這樣，就不必繞圈子，有話就直說吧。因為我不想為這種事耗費精神，也不想浪費時間。」

俊介握著方向盤的手頓時用力，然後咬緊牙關，車速迅速加快。

「請安全行車。」藤間說，「我們不能因為車禍或是超速被抓，因為我們絕對不能讓警方知道，我們現在行駛在這條路上。」

俊介鬆開了踩在油門上的腳，車速立刻慢了下來。剛才行駛在超車車道上，他把車子切到了慢車道。

他調整呼吸後說：「那我就直話直說了。」

「請說。」

「這次的計畫都在你的指示下進行，我認為你的態度最積極，所以不禁產生了懷疑，你是不是基於某種特殊的理由包庇美菜子。說得更加直截了當——」

「你認為我和美菜子之間有特殊的關係嗎？」

俊介閉上了嘴，藤間笑了起來。

「你在早餐之後，曾經和君子聊天，她是不是對你說了什麼？」

「不，並不是這樣……」

「算了，我知道她對我們沒有好感。這並不重要，但我反過來想問你，你為什麼會問這種問題？你不是已經不愛美菜子了嗎？即使她和別人有親密關係，都已經和你無關了。」

「老實說，我不想聽到別人干涉我和美菜子之間的事，但如果美菜子在外面有男人，我認為我有權利知道。」

「原來如此，不管知道之後，自己會不會受傷。」

「所以呢？美菜子的對象是你嗎？」

「你似乎已經認定美菜子有情人。」

「因為我掌握了證據。」

「喔？」藤間的聲音並沒有絲毫的慌亂，「是什麼證據？」

俊介沉默片刻，超越了前面那輛開得很慢的小貨車。

「保險套。」他回答說，「我太太放在皮包裡，雖然我們夫妻向來不避孕。」

這次輪到藤間陷入了沉默，俊介聽到他發出了低吟。

「如果是這樣，就不能說你懷疑的根據很薄弱。」

「你終於願意說實話了嗎？」

「好啊，我可以說實話。」藤間保持著剛才的平靜語氣說，「我對你的太太，也就是並木美菜子，」他停頓了一下，吐了一口氣之後，繼續說了下去，「我被她吸引，也可以說，對她有興趣。」

俊介單側的臉頰抽搐著。

「真是大膽的發言。」

「她很漂亮，而且很有女人味，我認為她比那個高階英里子更出色，我發自內心羨慕你可以獨占她。」

「你竟然大言不慚……」

「在目前的狀況下，我可能也是基於衝動說這些話，但我認為說謊搪塞你並沒有意義。」

「你知道我在想什麼嗎？我認為剛才應該去談合坂休息站。」

「然後把我趕下車嗎？還是要揍我幾拳？男人真是奇怪的動物，自己背叛了太太，但發現太太被其他男人搶走，就會暴跳如雷。」

「我不是說了，這是我們夫妻的問題嗎？」

「但是，你想要解除你們之間的夫妻關係，不是嗎？」

「……你從什麼時候開始和美菜子交往？」

「從什麼時候開始的呢？我們是在補習班認識的，所以顯然是在那之後。」

「認識之後，就馬上發展為男女關係嗎？」

「這就不好說了，就任憑你想像吧。但是我要澄清一件事，你發現的保險套和你想像的事有不同的意義，你現在恐怕想不到其中的理由。」

俊介看向藤間，藤間立刻對他說：「不看前面很危險。」

「那個理由是……」

「還是由你太太告訴你比較好，因為也超出了我的想像。而且我們目前正在執行一項重大任務，最好不要想這些不必要的事。我還要補充一句，我們現在是命運共同體，無暇討論這種瑣碎的人際關係。」

俊介駛入了超車車道，再次用力踩下油門。和前方車輛之間的距離越來越短，也超過了速限，但藤間這次什麼都沒說。

從高井戶開車不到十分鐘，就到了英里子的公寓。公寓雖然不新，但是一棟結構很牢固的五層樓房子。俊介和藤間把車子停在離英里子的公寓有一小段距離的投幣式停車位，拿著美菜子交給他的行李袋走進公寓。公寓雖然沒有管理員，但是有門禁系統。俊介用英里子給他的鑰匙打開了大門。

去英里子的房間之前，先繞去了後面的信箱。所有住戶的信箱上都掛了一把鎖。

藤間拿出了什麼東西——是白色手套。他也交給俊介一副手套。

「你之前在她家裡留下指紋也是沒辦法的事，但今天留下新的指紋就很不妙，事後再擦乾淨也不妥當，警方一查就知道了。」

俊介點了點頭，兩隻手都戴上了手套。

「你有辦法打開她的信箱嗎？」藤間問。

「應該可以，因為她隨時都帶著鑰匙。」

俊介在英里子的皮包裡摸索著，找到了高級精品的鑰匙圈，鑰匙圈上有三把鑰匙，他把其中最小的鑰匙插進了405室信箱的鎖，兩者完全吻合。

信箱中只有廣告信和電費收據，俊介拿出來後，關上信箱，重新鎖好。

「好像沒有報紙。」

「她沒有訂報紙，因為她說看電視和網路就夠了。」

「原來是這樣。」藤間點了點頭。

英里子住在四樓邊間，他們在搭電梯和在走廊上時，都沒有遇到任何人。

英里子的房間是兩房一廳，但因為兩個房間打通了，所以實質上變成了一房兩廳。時尚的家具都是高級品，整體顏色以米色為基調，沒有太多生活感，廚房內也沒什麼鍋碗瓢盆。

「她住的房間很不錯，是你幫她付房租嗎？」

俊介搖了搖頭說：「她之前就租了這個房子。」

他把英里子的行李放在雙人沙發上。

「可以請你把行李袋裡的東西拿出來收好嗎？」藤間說：「就是她的換洗衣服和化妝品，如果留在行李袋內，警方就會懷疑她曾經去過什麼地方。」

「好。」

俊介把行李袋內的東西都放在桌子上。首先拿出裝滿化妝品的化妝包，除此以外，還有換洗衣服、裝了內衣褲的袋子和盥洗用品。他打量著這些東西片刻。

「怎麼了嗎？」

「不，我在想，只有這些東西嗎？」

「只住一晚的話，差不多就這些吧，還是應該有其他行李？」

「那倒不是……」

俊介把從行李袋內拿出的東西逐一放回原處，換下來的衣服丟進了洗衣機旁的籃子，化妝品排放在梳妝台上。

他把盥洗用品放回盥洗室的架子上後，回到了沙發，發現藤間正打開客廳矮櫃的抽屜在找東西。

「你在幹嘛？」

「我正在檢查有沒有顯示她曾經去了姬神湖的東西，美菜子已經努力搞定了飯店那裡，但最好能夠避免警方注意到我們。」藤間停下手，轉頭看著俊介說：

「一直忘了問你，有人知道你和高階小姐的關係嗎？」

「沒有。」

「你確定嗎？你們公司的人不知道嗎？」

「我想應該沒問題。」

「你想……嗎？希望不是當局者迷。」藤間說完，又繼續開始翻找。

俊介打開了衣櫥，打算把清空的行李袋放進去。衣櫥內掛滿了衣服，他把行李袋放在下方的空位，這時，看到腳邊有一個黑色皮包，打開蓋子後，看到了皮包裡的東西。

他把手伸進皮包，抓到一疊照片。第一張照片拍到了女人的背影。拍攝的地點似乎在住宅區，第二張照片是那個女人走進透天厝的瞬間，這張照片拍到了女人的側臉。

那個女人絕對就是美菜子。

然後是第三張照片。透天厝的門打開了，一個男人探出頭。俊介的臉頰抽搐了一下。因為那個男人是藤間。

俊介偷瞄了藤間一眼，藤間似乎已經檢查完矮櫃，正在看電話桌下方。

俊介立刻把那疊照片放進了上衣口袋。

進入這個房間差不多有一個小時了。

「我們差不多該撤了。」藤間看了一眼時鐘說道，「此地不宜久留，而且如果太晚回去，坂崎先生可能會起疑心。」

「是啊，有沒有找到顯示她……英里子曾經去姬神湖的東西？」

藤間搖了搖頭說：

「我很仔細地找了一下，並沒有發現，我想應該沒問題，走吧。」

藤間說。

他們回到車上，出發後不久，藤間開了口。

「延續剛才的話題，也許思考的重點要放在能夠隱瞞到什麼程度。」

「剛才的話題？」

「就是有沒有人知道你和她的關係這件事。」

「喔……」

「今天還沒有關係，但是如果明天之後，高階小姐仍然沒有去公司上班，公司的同事可能就會緊張，搞不好會和你聯絡。」

「應該、吧。」

「所以就要思考到時候你要怎麼回答，」藤間放倒了座椅背，「你就先裝糊塗，不要說出她曾經來過姬神湖這件事。我說了好幾次，盡可能避免警方注意到我們。」

「這我知道，我也打算這麼做。」

「問題在於能夠隱瞞多久，雖然我無法預測警方在偵辦這種失蹤事件時會多積極，假設警方展開偵辦，我想應該會最先調查她的男性關係。」

「應該吧。」

「假設有人隱約察覺到你們的關係，或是在她家中找到了顯示你們之間有特殊關係的東西，如此一來，警察當然就會來找你，所以到時候你要怎麼應對？」

「我可以繼續裝糊塗，即使事後知道我在說謊，也可以解釋為不想曝光外遇的事，我相信這件事不至於導致警方懷疑我。」

「你這麼做當然沒問題，只不過其他人就很難回答了。假設在你裝糊塗的情況下，警方向美菜子瞭解情況，當警方問到高階英里子這個人時，她是否能夠堅稱自己什麼都不知道呢？」

「有什麼問題嗎？」

「萬一警方掌握了她曾經去過姬神湖，就會發現美菜子的供詞有問題，而且也會發現你當時也在那個別墅區，既然這樣，就會認定美菜子也見到了高階小姐。」

「但是，我也可能背著美菜子偷偷和她見面，即使警方事後發現我和英里子有男女關係，也不會產生矛盾。」

「如此一來，我們也必須跟著說謊，一口咬定並沒有在姬神湖見到高階英里子……」

「是啊……」俊介說到這裡，咬著嘴唇，然後輕輕敲打著方向盤，「啊，行不通。」

「沒錯，還有坂崎先生他們的問題。一旦警方向他們瞭解情況，他們一定會說出實情，說高階英里子的確來過，到時候，之前統一口徑的人就會遭到懷疑。」

俊介發出了低吟。

前方就是高速公路的入口，他把手伸進西裝外套內側口袋的同時，藤間遞過來一張千圓的紙鈔。「謝謝。」俊介道謝後接了過來。

「既然這樣，那就由我一個人說謊就好。」

「如果警方已經隱約察覺到你和高階英里子的關係，或許就只能死心了，只不過分寸很難掌握……」藤間吞吞吐吐之後，輕輕拍了拍俊介的肩膀說：「但是你放心吧，我們已經做了雙重、三重的防禦，即使警方懷疑你，也不可能想到我們都提供了協助。最重要的是，屍體不會被人發現。只要沒有發現屍體，命案就無法成立。」

俊介嘆了一口氣說：「希望如此。」

6

回到姬神湖時，太陽已經下山了，也是開始吃晚餐的時間。他們還在路上時，藤間的手機響了一次，是一枝打來的，藤間簡單回答說：「沒問題，一切都很順利。」然後就掛上了電話。

回到別墅，打開玄關的門，立刻聞到了咖哩的味道。孩子們吃完晚餐後，正在和津久見一起打電動，三個女人在廚房洗碗。坂崎夫婦和關谷不知去了哪裡。

「回來啦，吃飯了嗎？」藤間一枝問丈夫。

「我們在休息站簡單吃了點，關谷先生他們呢？」

「不知道啊，剛才還在這裡。」

「君子呢？」

「她應該回房間休息了，因為好像太累了。」

玄關傳來動靜，接著聽到腳步聲，客廳的門打開了。關谷走了進來，看了看藤間，又看了看俊介說：「你們回來了，情況怎麼樣？」

「嗯，總算搞定了。」藤間回答。

「是喔。」關谷回答說，然後低頭看著地上。

「發生什麼事了嗎？」

「對，發生了麻煩的事。」

「什麼事？」

「你們跟我來。」關谷走出客廳，俊介和藤間一起跟著他走了出去。關谷走進了自己房間。

「坂崎先生嗎？」藤間聽完關谷說明的情況，皺起了眉頭，「他說看到我們了？」

「對，晚餐後，坂崎先生找我去散步，然後向我提了這件事。他似乎對高階小姐很執著，今天早上去了湖濱飯店，在那裡看到了你們，而且還看到美菜子從飯店走出來。」

「這可不妙啊。」藤間抱著雙臂，咂了咂嘴，抓著額頭，「我想起我們離開這裡的時候也遇到了他，他那時候應該也剛從飯店回來這裡。」

「關谷先生，你怎麼回答他？」

「他似乎以為昨晚發生了什麼事，不，他當然不瞭解真正的情況，反而懷疑有什麼好玩的事卻沒有找他。」

「太可笑了，怎麼會有這種想法。」藤間不悅地說。

「我裝傻說，沒有什麼好玩的事，也說我什麼都不知道，但是他似乎無法接受。怎麼辦？照目前的情況，他可能會去質問美菜子。」關谷看了看藤間，又看著俊介。

藤間仍然愁眉苦臉，一隻蛾不知道從哪裡飛了進來，在日光燈周圍飛來飛去，不時傳來撞到日光燈的聲音。

「我去跟他說。」俊介說。

其他兩個人看著他。

「只能這麼做了，否則如果以後警察去問坂崎先生，他說起這件事，我們所做的一切都會功虧一簣。」

「是啊，也只能這麼做了。」藤間並沒有否定俊介的意見，「因為他不是那種能夠保守秘密的人，所以會有點不放心，而且也不知道他願不願意幫忙。」

「我現在就去跟他說。坂崎先生在哪裡？」

「請等一下，並木先生，還是不要由你直接跟他說，由我來向他說明。」藤間說。

「不，這是我老婆闖的禍，還是由我來說，而且我認為該這麼做。」

「我能夠體會你的心情，只不過這種事，還是由第三者來說比較好，同時把我們提供協助的情況也告訴他，我相信他也能夠理解。」

「並木先生，還是這樣做比較好，」關谷也說，「就交給藤間先生來處理。」

俊介重重地嘆了一口氣，看著他們的臉，最後點了點頭。

「好吧，但我也要在場，我認為這是我最低限度的義務。」

「不，但是……」

「拜託了。」俊介低頭拜託。

藤間沉默片刻後說：「好吧，你說得也有道理，關谷先生，你可以去叫坂崎先生來這裡嗎？還是在這裡說比較好。如果你覺得不方便，也可以去其他地方。」

「不，在這裡沒問題，我去叫他來這裡。」

關谷出去後，藤間點了一支菸。

「要怎麼說呢？」

「坂崎先生一定會大吃一驚。」

「那當然。」藤間吐了一口煙，注視著煙緩緩飄動。

坂崎跟著關谷走進了房間，他臉上帶著笑容，看著藤間和俊介說：

「大家都在啊。」

「不好意思，你已經很累了，還把你找來這裡。」藤間向他道歉。

坂崎面對著藤間和俊介坐了下來。

「你們要找我聊什麼？雖然我大致能夠猜到。」

「喔？你猜到什麼？」

「昨晚在這裡舉辦了活動，我猜想就是開轟趴，但是美菜子不答應，於是只有她去外面住了一晚。幸好附近有高階英里子小姐住的那家飯店，於是她就去了那裡。我沒說錯吧？」

俊介聽了他說的話，忍不住眨著眼睛，輪流看著坂崎和藤間。

「不，坂崎先生，我完全聽不懂你在說什麼。什麼轟趴啊。」藤間笑著說，但他的表情有點僵硬。

「不需要向我隱瞞吧？並木先生，你應該也知道這件事吧？」

「坂崎先生，你完全誤會了，我們要和你說的，並不是這種事，而是完全不同的事。」

「完全不同的事？」

「對，而且是很重要的事，應該說是很嚴重的事。」藤間舔了舔嘴唇後，繼續說了下去，「昨天晚上，這裡發生了一起事件，有人失手殺了另一個人。」

坂崎愣住了。他還來不及開口，藤間就說：

「高階英里子小姐死了，美菜子不小心殺了她。」

坂崎似乎還無法瞭解狀況，藤間淡淡地向他說明了昨天晚上發生的事。坂崎雖然驚訝得說不出話，但一動也不動地認真聽著，俊介看到他的太陽穴流下了冷汗。

藤間說完棄屍之後，停頓了一下，深呼吸了一次，再度開了口。

「情況就是這樣，所以無論如何都必須掩蓋到底。坂崎先生，我們也很希望你能夠提供協助。」

藤間鞠了一躬，俊介也在一旁鞠躬拜託。

「你要我成為共犯？」坂崎終於開口說話，他的聲音聽起來像在呻吟。

「拜託了。」俊介說。

短暫的沉默。俊介低頭鞠著躬，所以看不到坂崎臉上的表情。

「……我拒絕。」坂崎小聲說道。俊介抬起了頭。

坂崎漲紅了臉。

「我們為什麼要協助這種事？這不是重罪嗎？開什麼玩笑？我才不要成為幫兇！」

「坂崎先生，但是——」

坂崎不理會藤間的聲音站了起來。

「我要回去了，馬上就離開這裡。我會帶著君子和兒子離開這裡。開什麼玩笑？簡直難以相信。」說完，他就衝了出去。

Chapter 3

1

俊介追了出去，藤間和關谷也跟了出來。

來到坂崎他們的房間門口時，聽到房間內傳來了咆哮聲。

「反正妳趕快收拾行李，我們要馬上離開這種地方。」

「等一下，到底發生了什麼事？」君子大聲問道，聲音中帶著困惑。

「廢話少說！這裡發生了天大的事，妳竟然完全狀況外！」

「所以到底發生了什麼事？」

俊介沒有敲門，就打開了房門，坐在床上的君子一臉驚訝地看了過來。坂崎正在地上打開大行李袋。

「你怎麼隨便闖進別人的房間？有沒有禮貌啊？」坂崎不悅地說。

俊介低頭不語，藤間從他身後走了進來。
「坂崎先生，你先別激動，請你再好好聽我們解釋。」
「我不想聽。」坂崎簡短地說，「君子，妳知道昨晚發生了什麼事嗎？是殺人命案，有人在隔壁房間被殺了。那個年輕女人……那個姓高階的人被殺了，聽說是美菜子動手殺的人。」
君子瞪大了眼睛，一臉驚恐地看著俊介。
「而且為了怕被警察發現，他們把屍體丟掉了，丟進了湖裡，就是姬神湖，其他人也都幫了忙，只能說他們都瘋了。你們真的有問題。」
「這是有原因的，請你聽我們解釋。」
關谷試圖安撫他的情緒，但是坂崎揮動雙手，搖著頭說：
「有什麼原因，我知道你們關係特別好，但是沒必要把我們也拖下水。關谷先生，你有沒有搞清楚，這可是殺人命案，這是罪大惡極的犯罪行為，遇到這種事，當然應該報警啊。」他帶著怒氣的雙眼又看向俊介，「都是你的錯，你要在外面搞女人是你的自由，但不要把這種事帶來這種地方，這和我們毫無關係，我們為什麼要被捲入你老婆和你情婦的爭風吃醋？」

「對不起。」俊介小聲說完後，低下了頭。

幾位太太似乎聽到了吵鬧聲，也走進了房間。坂崎看到美菜子，眼睛瞪得更大了。

「美菜子，妳、妳、妳該去自首，不這樣做太奇怪了，妳必須這麼做。」

美菜子沒有說話，一臉困惑地看著藤間。

「小孩子呢？」藤間問一枝。

「剛才去出租別墅了……」

「這樣啊——坂崎先生，可不可以拜託你再聽我們解釋清楚？」藤間拜託道。

「到底要我聽你們解釋什麼？喂，君子，妳在磨蹭什麼？趕快收拾東西，準備離開這裡，然後打電話去那裡，把拓也帶過來。」坂崎把原本放在衣櫥裡的衣服胡亂地丟進了行李袋。

「算了，那我們先去樓下。」藤間對俊介說。

「但是……」

「先別說了。」

藤間推著俊介的後背，走出了坂崎他們的房間，坂崎仍然在房間內咆哮。

除了坂崎夫婦以外的所有人都聚集在客廳，關谷最先開口。
「用那種方式向他說明，他果然沒辦法接受。」
「無論如何都必須說服他。」藤間說，「要拜託他一起保護美菜子。」
「嗯，是啊，當然要這麼做。」關谷抓了抓頭。
俊介站在那裡，按著眼角，然後站著看向妻子。
「但是，他說的話很有道理，照理說，的確應該去報警，然後……」
「你說美菜子必須自首嗎？」關谷靖子問。
「當然應該這麼做。」
「並木先生，現在已經沒有退路了。」藤間勸說道。
「我雖然不瞭解法律，」俊介說，「棄屍或許是犯罪行為，但是只要報警，然後說明這是我們昨天在慌亂之下所做的事，我相信應該不至於是重罪。」
「你和我們所做的事或許不是重罪，」關谷靖子瞪著俊介，「但是美菜子呢？她犯的是殺人罪，這樣也沒有關係嗎？你才是始作俑者。」
「靖子！」
雖然她的丈夫制止，但她並沒有閉嘴。

「不，我非說不可。並木先生覺得美菜子遭到逮捕也無所謂，相反地，他希望美菜子被判死刑，因為他一定痛恨美菜子殺了他的年輕情人。」

「妳說夠了沒有！」關谷用力推他妻子的肩膀，靖子才終於閉了嘴，但仍然狠狠瞪著俊介。

俊介雙手插在長褲口袋中，靠在牆壁上。美菜子低著頭站在那裡。所有人都沉默不語。

這時，聽到咚咚咚走下樓梯的聲音，以及坂崎大聲說著：「動作快一點。」關谷走出客廳，俊介也打算跟上去，但被人抓住了手臂。藤間抓住了他。

「你和美菜子留在這裡，我們去和他談。」

「但是……」

「他看到你們，情緒就會很激動。別擔心，只要好好跟他說，我相信他能夠理解。」

藤間也對美菜子點了點頭，走出了客廳。關谷靖子和藤間一枝也走了出去。俊介搖了搖頭，坐在桌子旁，拿出了香菸。

外面傳來坂崎不知道在說什麼的聲音，然後似乎帶著妻子從玄關離開了。接著聽到了藤間等人追出去的動靜。

「我們是不是回房間比較好？」美菜子問。

「在這裡也沒問題吧？」

「但是，藤間先生他們可能會帶坂崎先生回來，然後在這裡談事情。」

俊介撇了撇嘴，然後在菸灰缸中捺熄了剛點了火的香菸。

「我想應該是白費力氣。」俊介說完，站了起來。

即使回房間後，兩個人也相對無言。美菜子坐在床上，一動也不動地看著地上。俊介站在窗邊，看向一片漆黑的樹林。

樓下傳來了動靜。美菜子走出房間，很快就走了回來。

「坂崎先生他們好像回來了。」

「應該只是回來而已，」俊介說，「根本不可能說服他。」

美菜子沒有吭氣，再次坐在床上。俊介也面對著她，坐在另一張床上，然後左手從右肩繞到背後，用力按著右側肩胛骨。

「那裡還會痛啊。」

「我明明沒有工作，可能是因為太緊張了。」他持續按著肩胛骨。

「要不要我幫你按摩一下？」

「不用了。」俊介停下了手，「那個人是藤間先生嗎？」

她驚訝地抬起頭。

「我是說妳交往的對象，是不是他？」

美菜子訝異地微微歪著頭。

「你在說什麼？」

「妳不需要在我面前裝糊塗，我都知道了。難道妳以為我沒有發現妳在外面有男人嗎？」

「你在說什麼啊？怎麼可能有這種事？」

「藤間先生剛才已經承認了，說他被妳吸引，也覺得妳很有女人味。」

美菜子搖了搖頭，輕輕攤開雙手。

「什麼意思？我完全聽不懂，你和藤間先生說了什麼？」

「我以前曾經打開過妳的皮包，並不是想要窺探妳的隱私，只是想拿零錢，但是發現了奇怪的東西。就是保險套。看到保險套，妳應該知道我會怎麼想。」

美菜子微微張了嘴，她似乎倒吸了一口氣。

「怎麼了？妳想要辯解嗎？那我就洗耳恭聽，如果妳可以說出合理的解釋。」

俊介雙手做出招手的動作。

美菜子吐出了剛才吸進去的氣，垂下肩膀，好像放鬆了全身的力氣。

「這樣啊……原來你看到了那個。」

「妳不辯解嗎？」

「我覺得，」美菜子直視丈夫說：「辯解沒什麼意義。」

「什麼意思？」

「我的確想過要背叛你，但並不是外遇，對方也不是藤間先生。」

「不是外遇的話，難道是真心嗎？藤間先生已經承認了，還說很羨慕我可以獨占妳。」

「並不是藤間先生，他應該也沒有說，和我有這樣的關係吧？」

「我覺得他就是這個意思。」

「那你可以再問他一次，問他是不是和我有過肉體關係。」

「如果不是他，那又是誰？妳隨身帶著保險套，是想和誰上床？」

美菜子聽了他的問題，露出了難以理解的表情。

「男人真奇怪，自己肆無忌憚地外遇，但太太有外遇的跡象，就氣得跳腳。」

「我並沒有生氣，只是在問妳而已。」

「所以我不是回答了嗎？我沒有外遇，當然也就沒辦法說出對方的名字。」

「妳剛才不是親口承認打算背叛我嗎？我是在問妳打算和誰發生這種關係。」

「這……」她搖了一次頭說：「我只能說不知道。」

「不知道？妳的意思是，無論是誰都可以嗎？只要能夠報復我就好嗎？」

「報復你？怎麼可能有這種事？」美菜子的眼神仍然嚴肅，只有嘴角露出了笑容。「這才真的沒有意義，事到如今，為什麼還要報復你？難道你以為我對你一無所知嗎？你外遇的對象並不是只有高階英里子而已，你之前也外遇不斷，但是我一直忍耐，因為你願意和帶著孩子的我結婚，我覺得自己必須忍耐點，最重要的是，為了章太，我不希望家庭不和諧。」

「妳說的話根本自相矛盾，背叛丈夫，難道不是破壞家庭的和諧嗎？」

「所以，」俊介從美菜子喉嚨的起伏，發現她在吞口水。她繼續說了下去，「那時我已經下定決心和你離婚。」

「真是很大的決心。」

「你不是也想和我離婚嗎？我心裡很清楚，而且章太發現我們之間的關係出了問題，他發現之後，為這件事很煩惱。我認為與其這樣，還不如恢復原本的單親家庭。」

「既然這樣，妳為什麼要殺了英里子？」

美菜子聽了俊介這句話，臉上的表情消失了。她面無表情地看著俊介，緩緩閉上眼睛，然後又睜開了眼睛。

「是啊，當她要求我和你離婚時，我應該說『好，沒問題』，把你送給她。」

俊介從床上站起來時，聽到了敲門聲。他還沒有開口回答，門就打開了。關谷靖子探頭進來。

「藤間先生說，希望你們下樓，因為有事情要討論。」

「坂崎先生已經走了吧？一切都完蛋了。」

「不，不是這樣。」靖子看了美菜子一眼，又將視線移回俊介身上，「坂崎先生和太太也在。」

「他們還在嗎？」

「對，所以請你們也一起來客廳。」關谷靖子說完，率先下了樓。

俊介輕輕咂著嘴。

「可能要我們一起去低頭拜託。老實說，我覺得根本太蠢了，但也沒辦法，我們下樓吧。」

美菜子也默默跟在他身後。

走進客廳，發現坂崎夫妻一起坐在桌子旁，藤間、關谷兩對夫妻坐在他們兩側，俊介和美菜子背對著門站在那裡。

坂崎很平靜，和剛才完全不一樣。他抬頭瞥了俊介和美菜子一眼，又立刻低下頭，看著桌子。

「我剛向坂崎先生和太太說明完所有的情況。」藤間開了口。

「說明什麼？」

「就是我們下定決心要保護美菜子的過程，最後，」藤間看向坂崎夫婦，「他們也願意提供協助。」

俊介向前一步，輪流看著坂崎夫婦。

「真的嗎？」

「他們剛才答應了。」

俊介還沒有開口，坂崎就抬起頭說：

「不好意思，我剛才太失態了，我只想到自己……也說了很多失禮的話，那是因為情緒激動亂說話，希望、你們原諒我。」他鞠了躬，他身旁的太太也跟著低下了頭。

「不，這沒關係，你真的要這麼做嗎？你剛才也說了，這是罪大惡極的犯罪行為。」

「剛才聽了藤間先生他們的說明，我終於瞭解到，保護美菜子也是為了保護我們，而且我也不想看到美菜子被警察抓走。」坂崎說到這裡，一臉歉意地看著美菜子說：「美菜子，對不起，我沒有惡意，所以妳不要恨我。」

「我怎麼會恨……」美菜子說到一半，聲音幾乎聽不到了。

「現在可以說，所有人都齊心協力了，」藤間對大家說，「雖然還有津久見老師，因為他都和小孩子在一起，所以應該什麼都不知道。只要我們八個人口徑一致，就不會引起警方的懷疑。」

「沒錯，就當作什麼事都沒發生。」關谷又接著說，「雖然無法隱瞞高階英里子曾經來過這裡，但是到時候就說我們完全不知道之後的事，刑警應該也不會想到所有人都一起串通。」

「美菜子，真是太好了。」關谷靖子走向美菜子。美菜子默默向所有人深深鞠了一躬。

2

藤間說，必須充分討論之後的事。

「因為事關重大，所以不允許有任何疏失，必須格外小心謹慎。」

「今晚不用派家長去出租別墅嗎？」俊介問。

「剛才打了電話給津久見老師，說美菜子不舒服，今天晚上就在這裡休息。因為今晚原本該輪到你們夫妻值日。」

「這樣啊……那我一個人過去比較好吧？」

「不用了，津久見老師已經答應了，而且你最好陪在美菜子身旁。」

關谷夫婦和藤間一枝也點頭表示同意。

「在討論之前，要不要喝一杯？啤酒也可以。」關谷做出拿酒杯的動作。「老實說，我已經累壞了，想放鬆一下心情。」

「是啊，從昨天到今天，都一直處於緊張的狀態。」藤間一枝準備走去廚房，但她的丈夫制止了她。

「等一下——關谷先生，我能夠理解你的心情，但是再稍微忍耐一下。接下來要討論的事情，每個人都必須將所有內容牢記在腦海中，一旦鬆懈，我認為還是不太妥當。」

關谷皺起眉頭，點了點頭說：

「有道理，那就等一下再喝。」

「我首先說一下接下來可能發生的情況。剛才我已經和並木先生在車上討論過了，」藤間瞥了俊介一眼，又繼續說了下去。「我們不知道高階小姐失蹤後，警方會如何採取行動，但不妨認為會展開偵查。比方說，高階小姐的家人或是親戚和警方很熟的話，警方的態度也會很不一樣。」

「我沒有聽她提過家裡有警界人士。」俊介小聲嘀咕。

「但是做好萬全的準備還是比較好。好，警方會採取什麼行動呢？首先會找所有和她有關的人瞭解情況，在我們之中，並木先生就是和她有關的人，剛才已經和並木先生說好，要隱瞞和高階小姐之間的特殊關係。」

藤間在眾人面前重複了和他在車上的談話內容。

「所以就是在某個階段之後，並木先生會承認和高階小姐之間的關係，也說出她曾經來過姬神湖。當警察問我們時，我們就說在這裡見到了高階英里子，也順便請她留下來一起吃了晚餐。」關谷複述了藤間剛才說的內容，「之後就堅稱什麼都不知道。」

「就是這樣，各位有什麼意見嗎？」

沒有人說話，有幾個人搖了搖頭。

「當然，最好不要讓警方知道她曾經來過這裡。」藤間說。

「請問，」坂崎君子舉起了手，「所以在警方問之前，我們都不說嗎？我們不需要主動做任何事嗎？」

「什麼意思？」

「比方說，電視新聞可能會報導高階小姐的事，說是這位女子失蹤了，如果有人知道她的下落，請和附近的警局聯絡。在這種情況下，我們什麼都不做，不是很不自然嗎？」

「原來如此，妳的意思是，如果警方之後知道她曾經來過這裡，就會因為我們沒有主動聯絡警方而產生懷疑。」藤間輕輕點頭，「這個問題的確需要事先想好對策。」

「一般人會主動和警方聯絡嗎？」關谷歪著頭說，「我認為因為怕惹麻煩而不採取任何行動也很正常。」

「但是，高階小姐不是向公司請假嗎？如果新聞報導中提到，警方正在調查高階小姐休假日的去向，我認為通常還是會認為必須和警方聯絡，因為我們就是在那一天和她見面。」

關谷可能無法反駁坂崎君子的意見，只能發出低吟。

「當作沒有看到這個新聞不就好了嗎？」關谷靖子代替丈夫回答，「當作我們並不知道高階小姐失蹤了。」

「所有人都沒看到嗎？」她的丈夫問。

「對啊。」

「不，這不太妥當吧，不可能八個人都沒有看到這個新聞。」

「而且還有津久見老師，」俊介說，「不能保證他不會聯絡警方。」

所有人都露出驚訝的表情互看著，他們前一刻可能都忘記了津久見老師的存在。

「好，那就這麼辦。」藤間雙手拍著桌子，所有人都注視著他。

「假設新聞報導了這件事，我們其中的某個人看到了這則新聞，然後這個人就和大家討論，要不要告訴警察，高階小姐曾經來過姬神湖，到時候最好實際見一次面，然後也通知津久見老師一起參加。」

所有人都探出身體，想知道接下來該怎麼做。

「但是，並木先生不要出席，於是大家當然會產生一個疑問。並木先生是否已經把這件事告訴了警方，因為警方一定已經找過並木先生。」

「有道理。」關谷砰地拍了一下桌子。

「然後就由一個人代表大家……不，事先就決定由我來做這件事。因為是我提出來的，由我打電話給並木先生，然後問並木先生，是否已經告訴警察高階小姐來過姬神湖的事。」

「我要怎麼回答？」俊介問。

「你就回答，已經告訴了警察。當然要這麼說。」

「所以我要說謊。」

「你不願意嗎？」

「不，請你繼續說下去。」

「我聽了你的回答後，就很自然地問你，為什麼新聞上沒有提到這件事，難道是警方沒有向媒體公布這件事嗎？於是你就回答，你也不知道，也許警方有什麼用意——差不多就是這樣。」

「太完美了。」關谷瞪大眼睛拍著手，「這樣的說明就很合理了，我們也不需要說不必要的謊。」

「藤間先生，你可以去當小說家了。」關谷靖子一臉嚴肅地說。

「他曾經想當劇作家。」藤間一枝在一旁看著丈夫的臉說。

「但是，這樣一來，警察之後就會來問我。」

藤間聽了俊介的話，點了點頭說：

「恐怕無法避免這種情況，但是，你有正當理由隱瞞她來過姬神湖這件事，雖然我不知道用『正當』這個字眼是否恰當。」

「你的意思是，因為我想要隱瞞和她之間的關係，所以也不得不隱瞞她來姬神湖這件事。」

「沒錯。」

「這樣的邏輯的確很合理，」俊介搖了搖頭，「但是如果警察已經查到這些情況，應該已經懷疑到我頭上了。我和家人、朋友一起來避暑勝地，情婦也一起跟來找麻煩，在爭執之下，我惱羞成怒殺了她——警方很可能這麼認為。」

「無論警方怎麼想，都沒有關係啊，因為那根本不是事實。既然不是事實，警方就無法佐證，當然也不可能掌握證據。警方應該不可能想到實情會是什麼狀況，因為誰會想到，我們所有人都是共犯呢？而且如果不是所有人都是共犯，這起事件就不可能成立。」

俊介無法反駁，看著在他身旁低著頭的美菜子。她似乎察覺到丈夫在看她，也看著丈夫的眼睛，但是她也沒有說話。

「但這是最不樂觀的情況，」藤間看著所有人，「正如我在一開始所說，最理想的狀況，就是警察永遠都不知道她曾經來過這裡，我認為這種情況的機率相當高。」

「希望如此。」關谷嘆著氣說，「因為如此一來，我們就什麼都不用做了。」

「但是我們要隨時保持聯絡。」坂崎君子用略微加強的語氣說道，「關於剛才的問題，所以是不是要事先決定一旦新聞有報導這件事，大家要什麼時候聚在一起討論？」

「當然要這麼做，」藤間也大聲說道，「在失蹤事件被世人遺忘之前，我們都不能鬆懈，不，」他搖了搖頭，「關於這件事，我們一輩子都無法鬆懈。」

「嗯，好像有很多問題。」關谷靖子搓著自己的手臂說，「不知道我有沒有辦法記住這麼多事，老公，如果我快露餡時，你要提醒我。」

「妳不要說這種讓人不安的話。」

「別擔心，應該不會有什麼需要妳說謊的狀況，如果事情順利，妳什麼都不需要做。」

她聽到藤間的安慰，鬆了一口氣說：「希望如此。」

「事先要決定的事差不多就這些了，還有什麼想問的問題，或是在意的事嗎？」藤間依次看著所有人的臉問。

一片沉默中，坂崎戰戰兢兢地舉起了手。

「屍體不會被人發現吧。」

關谷抱著雙臂，輕輕咳了一下，露出了不耐煩的表情。

「我只能說，為了避免被人發現，已經盡了最大的努力。」藤間回答。

「但是，屍體內有氣體，即使丟進水裡，不是遲早也會浮出水面嗎？」

「並木先生也很擔心這件事，我們也考慮到這個問題，所以採取了很多預防措施。」

「但是……」

「事到如今，說這些也無濟於事。」關谷一口氣說完這句話，皺起了眉頭，「現在說什麼都是白費口舌，只能祈禱屍體不會被人發現。」

「雖然是這樣，但是因為我當時不在場。我知道你們一定是經過三思後採取的行動。」

「既然這樣，就只能請你相信了。坂崎先生，你可能無法想像，那真的是費盡了九牛二虎之力。不僅是體力的問題，精神壓力也很大。」關谷說話時沒有看坂崎，然後好像突然想起了什麼，慌忙補充說：「就連我都這樣了，最後做善後工作的並木先生和藤間先生就更不用說了。」

坂崎點了點頭，沒有吭氣，摸了摸人中。

「姬神湖中央很深，」藤間解圍地說道，「我之前曾經聽說最深的地方有二十公尺，至少不會因為水流的關係浮出水面。而且，我也從來沒有聽說過這座湖會乾涸。」

「既然這樣，那應該就沒問題了。」坂崎小聲嘀咕著。

「請問，」他的太太君子開了口，「小孩子遇到警察要怎麼辦呢？」

所有人都看著她，好幾個人都倒吸了一口氣。

「妳說的怎麼辦是指？」藤間露出似笑非笑的表情問。

「如果警方知道高階小姐曾經來過這裡，不是也會去問小孩子嗎？到時候要如何應對……」

「這哪有什麼問題呢？」關谷靖子立刻回答，「只要回答說，有一個不認識的女人一起吃晚餐，但不知道之後的事。只要這樣回答就好了啊。」

她的丈夫和藤間一枝也都點頭表示同意。

「如果只是這樣，當然沒問題，我只是擔心如果有小孩看到什麼，或是聽到了什麼動靜，然後不小心告訴了警察。」

短暫的沉默後，藤間突然向後一仰說：「對喔，原來還有這種可能。」

所有人都看著他。

「我想君子的意思是，孩子可能知道了對我們不利的情況。比方說，可能目擊了我們棄屍過程的一部分。即使看到，也不知道我們在做什麼，所以可能會在不知情的情況下告訴了警察，說那天晚上，看到幾個爸爸半夜開車出去——君子，妳是不是這個意思？」

君子微微張著嘴聽著藤間說話，停頓了一下後，用力點著頭。

「對，是啊，我認為不能排除這種可能，因為小孩子經常會在父母完全沒有察覺的情況下知道一些事。」

「但是，他們應該不可能知道昨天晚上的事？」藤間一枝帶著疑問的語氣說，「那時候是三更半夜，而且這裡和那棟別墅之間也有一段距離。」

「必須考慮到各種可能性。」藤間露出有點嚴厲的眼神，「妳的想法太天真了。」

一枝驚訝地瞪著丈夫，但沒有吭氣。

「警察也會去問小孩子嗎？」美菜子自言自語地小聲嘀咕。

「最好認為真的會問。這只是假設警方萬一掌握了高階英里子小姐曾經來過這裡的情況。」藤間回答說。

「這樣啊。」關谷咂著嘴，「好吧，真的可能有危險，但有沒有方法可以確認，孩子們有沒有看到或是聽到什麼呢？」

「我想到一個方法，」俊介說，「各位家長分別問自家的孩子昨天晚上做了什麼事，盡可能越詳細越好，確認他們是不是知道什麼危險的事。」

藤間立刻反對了他的提議。

「不，這個方法不妥當。」

「為什麼？」

「因為小孩子經常會記得一些奇怪的事，如果父母問這種奇怪的問題，他們一定會留下印象，結果造成反效果。而且實際執行你的提議非常困難，當然不可能問他們半夜有沒有看到奇怪的事。」

「雖然是這樣，但因為關谷先生說很危險……」

「我並沒有斷定，只是說可能有危險。」

「那還不是一樣嗎？剛才不是說，要考慮到各種可能性嗎？」

關谷似乎想不到如何反駁，閉上嘴巴，把頭轉到一旁。

「最好的方法，就是別讓警察去找小孩子，但是如果無論如何都無法避免時，就一定要在場監視，不要讓小孩子說一些莫名其妙的話。」藤間眉頭深鎖地說。

「但是，萬一小孩說了呢？」

「老公，」美菜子把手放在俊介的腿上，「到時候只能見機行事了，我已經作好了心理準備。」

「即使妳認為——」

「不，並木先生，還有其他人，要不要再花一點時間思考這個問題？因為目前還不知道有沒有小孩子知道什麼，而且我認為警察會到最後，才會去向小孩子瞭解情況。」

「是啊，現在還不必這麼著急，」關谷也同意藤間的意見，「反正還有時間。」

沒有人提出反對意見，就連最初提出這個問題的坂崎君子也點著頭。

「既然大家都認為沒問題……」俊介說。

討論一旦停止，之後沒有人再提出意見。

「今天晚上就暫時到此為止。」藤間說，「如果還有什麼問題，大家再一起討論。」

「累死我了。」關谷站起來伸了懶腰，走向廚房。他打開冰箱，拿出了啤酒。

「晚安。」大家互道著晚安，俊介也走向門口，但是即將走出去時，停下了腳步。他的視線停留在貼在牆上的四張畫上，那是畫了這附近的風景畫，每張畫的下方分別寫了名字，右下方的那張是章太的畫。

「畫得真好。」俊介小聲說道。章太畫的是這棟別墅，也仔細畫出了停在停車場的車子，所有車子的車頭都朝向別墅的方向。

「這也是暑假作業。」美菜子在他身後說。

3

回到房間後，美菜子開始換衣服，俊介坐在書桌前的椅子上。

「你不換衣服嗎？」美菜子換上睡衣後上床問。

「我根本睡不著，不知道其他人有沒有辦法睡著。」

「我昨晚完全沒睡。」

「我也沒睡，所以頭很痛，但又睡不著。」

「我應該也沒辦法睡著，但是不睡也不知道要幹嘛。」

「可惡，早知道應該帶威士忌來這裡，喝啤酒根本喝不醉。」他看著自己的行李袋，突然拍著大腿說：「對喔，我可以出去買，這附近應該也有便利商店。」

「那你去買啊。」美菜子翻了身，背對著俊介。

他注視著妻子在羽絨被下隆起的身體片刻，然後站了起來，把車鑰匙放進了口袋。

「你真的要出去嗎？」美菜子看著牆壁的方向問。

「對啊。」

「這樣啊，路上小心。」

俊介握著門把，但在打開門之前問妻子：

「不知道藤間先生是怎麼說服坂崎夫婦的？坂崎先生原本那麼激動，沒想到一下子就平靜下來。」

「應該發揮了耐心，才終於說服他吧。」她的聲音有點含糊不清。

「但是坂崎先生之前根本就不願意聽別人說明。」

美菜子沒有馬上回答，停頓了一下後說：「這種事，你問我，我也不知道要怎麼回答。」

「那倒是。」俊介走出了房間。

俊介走去藤間的房間，敲了敲門。房間內立刻傳來回應的聲音，藤間打開了門。他也還沒有換衣服，問俊介：「有什麼事嗎？」

「我想去便利商店，玄關的鑰匙可以借我一下嗎？」

「喔，你要去買酒？」

「對。」

「你就這樣出去沒問題，反正我們也沒這麼早睡覺。」

「這樣啊。」

「路上小心。」

「對了，藤間先生，」藤間想要關門時，俊介慌忙說：「沒想到你竟然說服了坂崎先生他們，你是怎麼說的？」

「我並沒有用什麼花招，」藤間說：「只是坦誠地把我們的想法告訴他而已，坂崎先生也不是腦筋不清楚的人，只要好好說明，他最終還是理解了。」

「是喔……」

「那就先這樣。」藤間說完，關上了門。

俊介開車離開了別墅區，但遲遲沒有看到便利商店。不，雖然有便利商店，只是沒有像大城市那樣，二十四小時都營業。

他開車時按摩著肩膀，不時換手握著方向盤，轉動著右側的肩膀，關節發出了咔咔的聲音。他左右晃動著腦袋，脖子也發出了聲音。

最後，車子開到高速公路交流道附近時，才終於找到便利商店。幸好便利商店內有賣酒，他拿了波本威士忌和三明治，然後買了菸。

他拿皮夾時，發現上衣口袋裡有什麼東西。原來是在英里子家裡找到的那疊照片。

買完東西後回到車上，發動了引擎，但是他沒有把車子開出去，而是打開了車內的燈。

俊介拿出照片，仔細看著每一張。前面三張是美菜子走進藤間家的瞬間，但是之後幾張拍到了關谷夫婦和坂崎，他們也走進藤間家，然後是美菜子一個人離開的照片。美菜子走進超市的照片。

還有津久見的照片。他從補習班走出來。他走進咖啡店。還有看起來像是在咖啡店內的照片。津久見和一個女人見面。女人的側臉。但那個女人既不是美菜子，也不是藤間一枝，或是關谷靖子，當然也不是坂崎君子，年紀看起來不到三十歲。

然後又換了一個場景，看起來像是在家庭餐廳內。津久見和剛才的女人，還有另一個男人，那個男人既不是藤間，也不是關谷或是坂崎，年紀大約四十五、六歲，而且身材有點發福的中年男子。他穿著灰色西裝，稀疏的頭髮三七分。

還有美菜子也一起加入的照片，四個人在一起談笑風生。

這就是所有的照片。

俊介把照片放回口袋，把車子開了出去。從那裡到別墅區差不多四十分鐘的車程，他出門買東西花了超過一個半小時。

回到別墅時，發現還亮著燈。燈光似乎是從客廳透出來的。俊介拉了玄關的門，但是門鎖住了。他想要按門鈴，但停下了手，沿著房子的外牆走去後面。

在即將走到客廳前時，他停下了腳步。因為他隱約聽到了有人說話的聲音。他躲在房子後，悄悄探頭張望。

客廳的落地窗敞開著，一男一女並肩坐著。是關谷和藤間一枝，兩個人的身體緊貼著，而且關谷摟著一枝的腰。

俊介緩緩後退，回到玄關後，重新按了門鈴。不一會兒，對講機中就傳來一個男人的聲音問：「哪一位？」

「不好意思，我是並木。」

「喔喔，好、好。」對講機中傳來藤間的聲音。

在門鎖打開的聲音後，門打開了，藤間探出了頭。「你回來了，有沒有找到商店？」

「我一直開到交流道那裡。」

「這樣啊，畢竟這麼晚了。」

走進屋後，俊介看向裡面，客廳的門打開著，他看到了坂崎。

「大家都還沒睡啊。」俊介問藤間。

「大家似乎都睡不著，所以就不約而同聚在一起。」

藤間鎖上門之後，走向客廳。俊介也跟在他身後。

關谷和藤間一枝回到了室內，除了他們和坂崎以外，關谷靖子也在。俊介看向所有人的臉。

「怎麼了？」關谷靖子歪著頭納悶地問。

「不，沒事……」

「有沒有買到什麼好東西？」關谷看著俊介手上的袋子問。

「不是什麼特別的東西，就是波本酒和三明治。」

「原來如此，我平時出門旅行也都會帶白蘭地，但因為這次大家事先討論後決定，酒類只能喝啤酒。」

「那要不要一起喝？」

「我不用了，如果今天再不好好休息，身體會撐不下去。」關谷看著他太太說：「我們要不要回房間睡覺？」

「好啊。」關谷靖子點了點頭。他們夫妻向其他人道了晚安，走出了客廳。

「並木先生，你打算回房間喝嗎？」藤間問。

「嗯，還是回房間喝吧。」

「你也可以在這裡喝，但要小心火燭。」

「我瞭解了，謝謝。」

藤間夫婦也準備回房間休息，坂崎跟在他們身後走了出去，俊介對著坂崎的背影叫了一聲：「坂崎先生。」坂崎轉頭看著他時，他問：「請問轟趴是什麼？」

「轟趴……？」

「對啊，剛才在關谷先生的房間說話時，你不是提到轟趴嗎？說他們開轟趴，那是什麼意思？」

「我有說嗎？」

「你說了啊。」

坂崎微微張著嘴，眼珠子看向右上方。藤間站在他身後看了過來。

「喔，可能是說那個。」坂崎的視線移回俊介的臉上，「不是什麼特別的意思，就是唱卡拉ＯＫ。因為大家都喜歡唱歌，我以為這次也開了轟趴唱卡拉ＯＫ。」

「卡拉ＯＫ？這裡哪裡有這樣的設備？」

「是行動卡拉ＯＫ。」藤間說，「不是有那種可以隨身攜帶，像玩具一樣的Ｋ歌麥克風嗎？我家也有那個，之前曾經用那個玩過，但是這次沒帶來。」

「行動卡拉ＯＫ……」

坂崎抓了抓頭說：

「但是仔細想一下，就知道藤間先生不可能在這次旅行時帶這種東西，所以是我誤會了。」

俊介沒有說話，坂崎說了聲「事情就是這樣」，走出了客廳。

藤間仍然站在門旁，探頭看著俊介的臉問：「還有什麼疑問嗎？」

「沒有。」

「你也最好睡一下。」藤間說完，也轉身離去了。

俊介在空無一人的客廳內喝著波本威士忌，咬著三明治，不時看著那些照片。

4

「並木先生，並木先生，天亮了。」

俊介被搖醒後睜開眼睛。他躺在客廳的沙發上，坂崎君子正在搖他。

「啊啊，我好像不小心睡著了。」他緩緩坐了起來，打量周圍。除了坂崎君子以外，並沒有其他人。

「你在這裡睡覺不行啦，有沒有感冒？」

「好像沒事，請問現在幾點？」
「七點多。」
俊介的西裝外套掉在地上，君子為他撿了起來，這時，原本放在內側口袋的那疊照片掉了出來。「啊呀。」君子驚叫一聲，正準備撿起來，但停了下來。
俊介伸手把照片都撿了起來。君子露出了僵硬的表情。
「妳不問這是什麼照片嗎？」
「這是什麼照片？」
「問題就在於我不知道，因為並不是我拍的。」俊介當著君子的面，逐一看了每張照片，但是她並沒有看。「這是英里子拍的。」
君子抬起了頭問：「她為什麼要……？」
「在我回答之前，妳是否可以回答我一個問題，就是昨天妳還沒回答的問題。妳說其他人都很異常，還說其實不想和他們打交道，請問到底是怎麼回事？」
「那件事已經……」君子快步走進吧檯內的廚房。
俊介站了起來，隔著吧檯，把照片出示在君子面前。「這些照片幾乎拍到了這次來參加的所有人，他們似乎聚在一起做什麼事，但是妳一次也沒有出現，請問這是怎麼回事？」
「我不知道。」
「坂崎太太，妳怎麼了？妳昨天不是告訴我很多事嗎？但今天為什麼遮遮掩掩？」
「我並沒有遮遮掩掩。」君子把平底鍋放在瓦斯爐上點了火，打開冰箱，看著冰箱內。
俊介注視著她的背影，壓低聲音問：「是不是藤間先生對妳說了什麼？」看著冰箱的君子肩膀抖了一下問：「我聽不懂你在說什麼。」
「我覺得太奇怪了，妳先生原本完全不想包庇美菜子，他也不願意和這起事件扯上任何關係，沒想到在和藤間先生他們談話之後，態度立刻一百八十度大轉彎，按照常理，很難想像這種事。」
「那是因為我老公一開始太激動，無法作出理智的判斷。」
「他很理智，不願包庇這種事是理所當然的事，從客觀的角度思考，藤間先生他們才奇怪。」
君子關上冰箱，終於轉過頭。她的臉頰有點紅。

「並木先生，你說這種話不是很奇怪嗎？大家……也包括我在內，大家都喜歡美菜子，無論如何都不願意看到她因為殺人遭到警方逮捕。並木先生，難道你不希望這樣嗎？」

「這不是問題的重點。」

這時，傳來了腳步聲。俊介離開了吧檯，美菜子走了進來。

「老公……你都沒睡嗎？」

「剛才在這裡不小心睡著了。」

「這樣啊。」美菜子看了一眼波本威士忌酒瓶放著的桌子，走向廚房說：「君子，不好意思，我來幫忙。」

藤間夫婦也走了進來。「這麼早就起來啦，還是根本沒睡？」

「沒什麼睡。」

俊介拿著波本酒瓶走出客廳，在走廊上和關谷夫婦擦身而過，和他們點頭打了招呼，但並沒有交談。

回到房間後，換了Polo衫和棉長褲，然後直接倒在床上，結果床稍微移了位。

他在床上躺了一會兒，然後起身坐在床邊。時鐘指向七點半剛過，他站了起來，從行李袋中拿出了盥洗用品。他準備走出房間時看了地上一眼，立刻停在那裡。他蹲了下來。

因為床偏離了原來的位置，所以地毯上清晰留下了床腳的圓形印子。圓周有深紅色的污漬。俊介皺起了眉頭。

藤間站在吧檯桌前，正準備吃胃藥時，停下了手。

「有那種照片？」

「對，」坂崎君子點了點頭說：「有好幾張。」

「應該是在高階英里子家裡發現的。」藤間咂著嘴，「他完全沒有提這件事。」

「有拍到什麼不妙的事嗎？」關谷在一旁問。

「即使拍到了，光看照片，應該不可能知道內情，但他的確感到不對勁。」

藤間看著君子說：「他給妳看照片時說了什麼？」

「他問我，為什麼只有我沒有被拍到……」

關谷聽了君子的回答，露出尷尬的表情，把頭轉到一旁，撥了撥頭髮。

「還說了什麼？」藤間問。

「就只有這些。」

「他看到大家在我家聚會的照片，為什麼會產生這樣的疑問？君子，妳對他說了什麼？」

「沒有啊。」她搖了搖頭。

「真的嗎？如果妳不說實話，我們很難處理事情。」

「我什麼都沒說。」

藤間注視著她的臉，她沒有移開視線。藤間移開了視線，嘆了一口氣。

「如果只是這樣，代表他並沒有發現什麼。」

「但他產生了懷疑，尤其他覺得我老公的態度突然改變很奇怪。」

「那也沒辦法，這件事真的無可奈何。」

「但是，他這個人真奇怪，大家都努力為美菜子掩飾，照理說，他應該乖乖配合。」關谷托腮坐在吧檯前，「而且這起事件的起源，是因為他外遇引起的爭風吃醋，難道是因為他真的很喜歡那個女人，所以對包庇美菜子這件事心生抗拒嗎？」

「他似乎對我們想要包庇美菜子這件事感到不可思議。」

「嗯，他似乎一開始就產生了這樣的疑問，」藤間說，「昨天去高階英里子家的路上，他也說了相同的話，而且他還懷疑我和美菜子的關係，我既沒有承認，也沒有否認，是不是這樣引起了他的懷疑？」

「你為什麼那樣回答？」關谷問。

「我希望他認為，我是因為對美菜子有特別的好感，所以才想幫她，因為我認為他已經不愛美菜子了。」

「原來是這樣，但是，他為什麼沒有接受這樣的理由？」

「因為他的直覺很敏銳，」美菜子在廚房深處說，「而且也很聰明。」

「似乎就是這樣，但是無論如何都必須隱瞞到底。」

藤間說這句話時，門鈴響了。正在廚房內的幾位太太突然繼續開始做早餐，關谷也離開了吧檯。

「孩子過來了，大家努力表現得像平時一樣。」

所有人聽了藤間的話，都紛紛點頭。

早餐吃義大利麵。和之前一樣，以家庭為單位坐在一起吃早餐。俊介坐在章太對面，美菜子坐在章太旁邊。

「昨天有沒有找到理想的地方？」章太問。

「啊？」

「你們不是去找今天烤肉的理想地點嗎？」

「喔喔……對啊。藤間先生等一下就會告訴大家。」

「是喔，那裡有樹嗎？」

「樹？」

「嗯，因為我想做暑假的美勞作業。」

「這樣啊，到處都有樹啊。」

美菜子默默聽著這對繼父和繼子的談話。

吃完早餐後，藤間站了起來。

「我來說明一下今天的安排。如同我們一開始就說好的，今天下午不上課，我們去姬神湖畔烤肉，小孩子可以帶玩具。」

藤間的兒子直人輕輕拍著手，坂崎的兒子拓也小聲地說：「太棒了。」關谷晴樹和章太的表情沒有太大的變化。

「章太，你不高興嗎？」美菜子問兒子，「不是終於可以玩了嗎？」

「我高興啊。」

「但是你看起來好像沒有很高興。」

「因為我正在吃早餐啊，」章太把剩下的義大利麵塞進嘴裡後，問父親：「為什麼還在姬神湖？」

「啊？什麼為什麼？」

「你們昨天不是特地去了很遠的地方找嗎？但最後還是就在這附近的姬神湖。」

「因為沒有找到理想的地點。」

「是喔。」章太看著義大利麵的盤子。美菜子注視著他。

俊介看到津久見走去了院子。他正在喝咖啡，但還剩下將近半杯，就起身離席了。

「老師。」俊介也來到院子，對著津久見的後背叫了一聲。

年輕的補習班老師露出意外的表情轉過頭。「是。」

「辛苦了，不好意思，昨晚沒有去那裡幫忙。」

「不必客氣，沒問題。你太太的身體怎麼樣？她看起來好像沒什麼精神。」

「她太賣力了，所以把自己累壞了，但幸好沒有生病。」

「那就好。」

「那裡的情況怎麼樣？複習的進度沒問題吧？」俊介擠出親切的笑容。

「很順利，包括章太在內，大家的理解能力都很強。」

「聽老師這麼說，即使明知道是客套話，仍然感到安心。」

「並不是客套話。」

「對了，」俊介壓低了聲音，「補習班的其他老師也會像你一樣，在補習班以外，還會接其他工作……或者說校外活動嗎？」

「你是說兼差嗎？」

「對，說白了，就是這個意思。」

津久見露出了苦笑。

「應該不少吧，但並不見得是為了錢，幾乎都是因為人情的壓力，不得不兼差。」

「也會牽線介紹嗎？」

「介紹？」津久見的臉上出現了困惑的表情，「呃，請問是介紹誰？」

「比方說，家教或是升學顧問，哈哈哈，雖然我不知道有沒有這種顧問。」

津久見抱著雙臂低吟著。

「對我們來說，都是競爭對手，所以基本上不會介紹。你為什麼問這個問題？」

「不瞞你說，因為我朋友——那個朋友家裡也有在讀小學的孩子，問我知不知道哪裡有出色的家教。我說我兒子在補習班補習，他說他的孩子太笨了，跟不上補習班的進度，希望可以一對一教他的孩子。」

津久見張大嘴巴笑了起來。

「請你務必推薦我們的補習班，我們最大的特色，就是能夠教各種不同程度的孩子，真的是各種程度，各種……」津久見用手遮住了嘴巴，繼續說了下去，「各種笨孩子。」

俊介做出忍俊不禁的樣子時，聽到身後傳來一個聲音。是藤間。

「老師，差不多該帶小孩子過去了。」

「啊，對喔。並木先生，那我就先過去了。」津久見輕輕點頭後，走向屋內。

藤間目送津久見走進別墅內後問俊介：「你們在聊什麼？」

「沒聊什麼啊。」俊介說，「聊章太的事和補習班的事，因為這次是我第一次見到他。」

「你應該沒有問一些不自然問題吧？」

「不自然的問題是指？」

「就是會留下印象的事，我相信你也知道，到時候警方也可能去找津久見老師，如果讓老師留下奇怪的印象……」

藤間的話還沒說完，俊介就在自己臉前搖著手說：

「只是閒聊而已，還是你認為我會故意說對我們不利的話嗎？」

藤間還沒有開口，俊介就走了出去。

5

正午過後，上午籠罩著天空的薄雲完全散去，四個家庭的父母帶著孩子，還有一名補習班老師，總共十三個人，浩浩蕩蕩走去姬神湖畔的烤肉區。他們在沿途的店裡買了烤肉的材料和飲料，然後向旁邊的出租店租借了工具。

「來，大家都多吃點。拓也，你給大家換上新的盤子，肉還有很多。」坂崎站在烤肉盤前，頭上綁著毛巾，不時拿起已經解禁的啤酒喝了起來，然後不停地烤著肉類和蔬菜。津久見也在旁邊幫忙，剛才負責準備食材和調味的幾位太太坐在那裡，專心和小孩子一起吃烤肉。藤間在遠處抽菸。

俊介坐在代替凳子的樹樁上，拿著罐裝啤酒，看著湖面。陽光很刺眼，無法直視湖面。他戴上了墨鏡。

關谷走到他身旁，遞上柿種米果的袋子問：「要不要來一袋？」

「謝謝。」俊介伸手接了過來。

關谷小聲地說：「我完全沒有食慾。」他輕輕笑了笑，「並木先生，你也一樣吧？我剛才看到你幾乎沒有吃肉。」

俊介隔著墨鏡注視著關谷，但很快將視線移回了湖面，喝了一口啤酒。啤酒已經不冰了。

「不好意思，這樣問不知道會不會沒分寸，」關谷說：「請問昨晚是在哪個位置？」

「那裡不是有兩艘並排的船嗎？」俊介指著前方，「兩艘船上都是情侶，其中一個女生穿著紅色襯衫。」

「喔喔，看到了，看到了。」

「應該就是那附近，但我不太確定。因為白天和晚上的距離感完全不一樣，而且和當時看的角度也不同。」

「喔喔，有道理。」關谷拿出了望遠鏡看了片刻說：「即使放大之後，也看不清楚。」他自言自語地說完後，把望遠鏡放在旁邊。

「關谷先生，你會唱卡拉ＯＫ嗎？」

「卡拉ＯＫ？也不是不會唱，但只是應酬而已，最近很少唱了，因為即使和年輕人一起去，也顯得格格不入，也不會和同年紀的人一起去唱歌。啊，如果你想去，我可以奉陪。這附近好像有幾家卡拉ＯＫ，還有誰會想去呢？」

關谷轉頭看向後方，好像隨時會邀請其他人，俊介按住了他的肩膀說：

「我並不是約你去唱歌，只是想知道，你們平時在一起都做些什麼。」

「什麼意思？」

「你們不是經常為了小孩子升學的事聚會嗎？比方說，去藤間先生家裡。」

俊介看著關谷的臉。

「喔，你是說去藤間先生家。嗯，是啊，有時候會去，但並沒有很頻繁。」關谷一下子點頭，一下子又搖著手。

「我在想，不知道你們聚會時，除了討論小孩子的事以外，還會聊些什麼。因為我是第一次參加，有點不知道怎麼和大家相處。」

「喔，原來是這樣，但其實沒有特別做什麼事，就只是喝茶閒聊而已。」

「不會唱卡拉ＯＫ嗎？」

「從來沒有。」關谷歪著頭說。

「這樣啊。」俊介點了點頭，再次看向湖面。剛才出現在正前方的那兩艘船，分別划向了相反的方向。

「並木先生，」關谷把臉湊到俊介面前，看了一眼後方後繼續說了下去，「我能夠理解你的心情，但是我認為事到如今，還是要努力調整心態。」

俊介眨了眨眼睛，看著關谷問：「我聽不懂你在說什麼。」

「你的情人……應該說是情婦，算了，怎麼叫都無所謂，總之，你喜歡的女人已經離開了這個世界，我知道你很受打擊，身為男人，我也很同情你。但是我認為可以換一個角度思考，雖然我不知道你到底有幾分真心，但我認為你遲早會和她分手。因為美菜子不可能輕易答應離婚，考慮到面子問題，如果吵得太難看不是也不太好嗎？與其雙方鬧翻，最後失去一切，搞不好目前的結果還稍微好一點。而且，以後還會有其他好女人。我並不認為外遇絕對不行，反而覺得那是享受人生的潤滑劑，只不過這種話也沒辦法大聲說，所以你必須調整心態，以後才更重要。你有社會地位，也有家庭。你原本或許打算放棄家庭，但並不希望大家都不幸吧？而且，你對章太也有一點感情吧？」

「你說的當然沒錯……但你想要表達什麼？」

「所以啊，」關谷又轉頭看向後方，「我知道你有很多事情放不下，但是目前要和大家齊心協力，度過眼前的難關。不是有一個成語叫『團結一心』嗎？我們必須團結一心。」

「難道你覺得我有什麼事放不下嗎？」

「不，那我就不知道了，但你好像在向大家打聽很多事，所以我猜想你內心可能對某些事感到不解。」關谷撿起腳下的小石頭丟向湖面，湖面泛起了漣漪，但很快就消失了。

俊介看向遠方，發現藤間正看著他們。藤間和他四目相對時，立刻移開視線，轉身走開了。

「大家的感情真好。」俊介捏扁了啤酒空罐說。

「為什麼突然這麼說？」

「參加這次旅行後，我深刻感受到這件事，很少看到這麼團結的團體，通常大家都會在背後相互扯後腿。」

「因為我們都不是這種人，所以才能夠維持良好的關係。」

「也許是這樣……」俊介目不轉睛地看著關谷的臉問：「會不會因此心生愛意呢？」

「啊？」關谷瞪大了眼睛，身體向後仰。

這時，章太從後方走過來。俊介露出笑容問他：「怎麼了？」

「爸爸，你背上有蟲子。」

「真的嗎？你幫我抓掉。」

「好，你不要動。」章太站在俊介後方，關谷站了起來，離開了他們。

「有沒有抓到？」

「沒有，牠逃走了。」
「什麼樣的蟲子？」
「是黑色的大蟲子，但不是鍬形蟲。」
「不會是蟑螂吧？」
「應該不是。」
章太正準備離開，俊介說：「關於那幅畫。」
「畫？」
「就是貼在別墅牆壁上的那幅畫，你不是來這裡之後才畫的嗎？」
「嗯。」
「什麼時候畫的？」
「前天。前天下午，大家一起畫的。」
「前天啊。」
「怎麼了？」
「不，沒事，你怎麼不和大家一起玩？」俊介打量四周，看到關谷晴樹坐在那裡打電動。藤間直人和他的母親在一起，沒有看到坂崎拓也的身影。

「至少玩的時候，」章太說，「不需要膩在一起。」

俊介看著兒子的臉，兒子低頭離開了。

烤肉大餐似乎結束了，大家開始收拾東西。俊介也幫忙一起收拾，坂崎君子也加入了，於是俊介就問她，她的兒子去了哪裡。

「我老公帶他去釣魚了，不好意思，我老公都沒有幫忙收拾。」

「別這麼說，剛才都是他為大家烤肉，本來就該由我們來收拾。」俊介笑著說。收拾完畢後，晚餐之前都是自由活動時間，各個家庭分頭行動。俊介找到了津久見，走過去問他：

「老師，我想拜託你一件事。」

「什麼事？」

「想向你借一下出租別墅的鑰匙，因為我昨天沒有去幫忙，接下來也沒有機會去參觀那棟別墅的情況。」

「對喔，今天晚上是藤間先生值班，好啊。」

津久見說完，從口袋中拿出了鑰匙。

「老公。」津久見離開後，美菜子走到俊介身旁，「你接下來有什麼打算？」

「我要去一個地方，妳和章太自己去玩吧。」

「你要去哪裡？」

「妳不需要問這麼多。」俊介邁開了步伐。

美菜子小跑著追了上來，走到他身旁，小聲地說：

「藤間先生說，盡可能不要單獨行動，因為日後警方問起今天的行動時，不能有任何不自然的情況。」

「我並沒有要做任何不自然的事，妳讓章太一個人在那裡沒問題嗎？」

「啊！」美菜子叫了一聲，回頭看向後方，停下了腳步。

俊介沒有停下腳步，繼續大步走。他又看了一眼湖面。湖面反射的陽光沒有像剛才那麼刺眼，他拿下了墨鏡。

關谷一家人走進了湖畔的禮品店，關谷在陳列鑰匙圈的貨架前打量著，他的太太走到他身旁。

「晴樹呢？」他問。

「在打店裡的電動遊戲。」

闗谷嘆了一口氣說：「他整天都沉迷電動。」

「但是有點不太對勁，即使再怎麼愛玩，也未免……剛才烤肉之後，也一直在玩手機上的電玩，簡直就像中邪了。」

「他只是愛玩吧。」

「我是說，他平時並沒有沉迷到這種程度，今天早上的樣子也不太對勁。」

「哪裡不對勁？」

「我也說不清楚。」

「妳這麼說，我根本不知道啊。」

闗谷皺起眉頭時，晴樹走了進來。闗谷和他太太立刻輕咳了幾下。

「晴樹，你要不要買一些伴手禮？你之前不是說，要買伴手禮送給班上的同學嗎？」

晴樹搖了搖頭說：「算了，我沒看到什麼好東西。」

「是嗎？這個呢？只要用力搖晃，就會發出蟲鳴的聲音。」闗谷搖晃著鑰匙圈，但晴樹完全沒有看一眼。

「今天真的不用上課嗎？」

「不用啊，今天是最後一天的晚上，可以好好放鬆一下，你也可以來爸爸、媽媽的房間。」

晴樹沒有回答。關谷夫婦互看了一眼，然後又移開了視線。

君子坐在長椅上，抬頭看著帶著兒子回來的丈夫。「有收穫嗎？」

「完全沒有，可能時間不對吧，虧我們找到了魚群出沒的地方。」坂崎把釣竿架在旁邊的樹上，在君子身旁坐了下來。拓也在不遠處開始收拾東西。釣魚的工具也是租來的。

「拓也，心情有沒有放鬆了些？」君子對著兒子的後背問。

兒子沒有停下收拾，只是微微歪了歪頭。

「怎樣？這是什麼意思？」

拓也仍然不發一語，也沒有回頭看母親。

「因為完全沒有釣到魚，所以心情不好。」坂崎說。

「即使沒有釣到也沒關係，有時候即使一大早去，也完全釣不到一條魚，難道你不覺得在這種地方放鬆很開心嗎？」

「別說了。」

「但是……」

拓也收拾完東西後站了起來，他第一次正眼看母親。

「我才沒有心情不好。」他露出了笑容。

「是嗎？」

「只是有點累，因為這幾天一直在上課。」

「辛苦了，小心不要太累了。」

「但是，」拓也扛著釣竿，「如果考不上學校不是就很慘嗎？」

「呃……」

拓也走了出去。君子看著他的背影，然後看向丈夫。丈夫聳了聳肩。

直人喝了一小口冰淇淋汽水後，又吃了草莓奶油蛋糕，嘴巴周圍沾到了鮮奶油。

藤間一家人正在大馬路旁的一家咖啡店的二樓，他們坐在可以看到整座姬神湖的窗邊座位。藤間喝著咖啡，一枝正在喝奶茶。

「直人，複習的情況怎麼樣？有成果嗎？」

藤間問，直人慌忙放下叉子，雙手放在腿上。藤間苦笑著說：

「你可以邊吃邊回答，爸爸並不是要向你說教。」

「現在是放鬆的時間。」一枝也笑著對他說。

直人露出鬆了一口氣的表情，開始繼續吃蛋糕。藤間看著他問：「情況怎麼樣？」

「老公，不必現在急著問這件事。」

「成果還不錯啊。」直人說完，叉起了草莓，「即使有不懂的地方，津久見老師也會教我。」

「這樣啊。直人，你考上中學之後想做什麼？運動嗎？還是去旅行？或是想要先痛快地玩一玩？」

「嗯。」直人把草莓放進嘴裡，「但是，爸爸，你之前不是說，即使上了中學，也不能鬆懈，不能整天都顧著玩嗎？」

藤間和妻子互看了一眼。

「我有說嗎？」藤間對兒子說。

「對啊，你說成功者和失敗者的不同之處，就是當大家鬆懈時，是和大家一起偷懶，還是利用這個機會努力，所以即使上了中學，不是仍然要努力用功，讓功課越來越好嗎？」

藤間沒有馬上回答，笑著把咖啡杯拉到自己面前。他喝了兩口之後，把咖啡杯放回了托盤。

「是啊，」他說，「不能鬆懈，那就保持目前的狀態繼續努力，如果能做到，當然最好不過。」

直人吃完蛋糕，用吸管攪動著冰淇淋汽水。一枝不安地注視著兒子，藤間對她輕輕點了點頭。

6

俊介抵達出租別墅後，用向津久見借來的鑰匙開門進了屋。玄關有鞋櫃，但目前裡面只有兩隻拖鞋。這裡和藤間的別墅一樣，後方有一道門，打開門之後，是差不多五坪大的空間，有兩張折疊桌和四張椅子。牆邊有兩張椅子，另一側的牆邊是一塊白板。

俊介打開了房間的燈，打量室內。他看到了拉門，打開一看，裡面是兩坪多大的和室，房間內空空蕩蕩，沒有任何東西。

他在室內觀察了五分鐘後，關了燈，走出那個房間。

走廊中間有樓梯，他沿著樓梯上了樓。在夾層的位置有一道門，打開門一看，裡面是一坪多大的房間，角落放了一張單人床，床下放了一個很大的滑雪用行李袋，有一些參考書和筆記本放在行李袋旁。俊介也打開了這個房間的燈，仔細打量地板和其他地方之後，熄燈關上了門。

他沿著樓梯繼續上樓，那裡是兩坪大左右的細長形空間，角落有欄杆，上方是挑高的天花板。

另一側有兩道門，門上是應該可以稱為古董的黃銅圓形門把，其中一道門上有廁所的標誌，他推開了另一道門。

房間內有兩張雙層床放在靠牆的位置，每張床前都有簾子，目前都拉了起來。

俊介拉開了右側那張雙層床下方的簾子，枕邊放著檯燈和參考書，折好的藍色睡衣放在毛毯上。

「老公。」俊介的背後響起一個聲音。

他回頭一看，發現穿著白色T恤和牛仔褲的美菜子站在那裡，而且仍然戴著烤肉時戴的帽子。

「你在幹嘛？」

「我才要問妳，妳怎麼會在這裡？」

「是我先問你問題。」

俊介關上了幾個孩子房間的門，轉身看向妻子。

「妳八成是從津久見老師口中得知我在這裡，既然這樣，他應該也告訴了妳我借鑰匙的理由。因為我昨天沒有來這裡，我想在回去之前，來看一下章太讀書的地方，就只是這麼簡單而已。」

美菜子點了點頭，抬眼看著俊介說：「這根本不可能。」

「為什麼？」

「你不是打算拋棄我們嗎？然後打算和她在一起嗎？事到如今，你怎麼可能關心章太？」

俊介按著太陽穴，走過美菜子身旁。他低頭看了一樓之後，靠在欄杆上。

「妳為什麼這麼在意我做的事？我無論做什麼都不重要吧？英里子的屍體順利處理了，大家也都全力隱瞞這起事件，一切進行得很順利。藤間他們一副若無其事的樣子，準備結束這趟旅行，好像什麼事都沒有發生過。我也做了所有力所能及的事，更沒有妨礙任何人，妳還有什麼不滿？」

「還不是因為你一個人做一些莫名其妙的事嗎？甚至還跑來這裡。」

「所以我問妳，我來這裡到底有什麼問題？」

「我只是希望你可以和大家齊心協力，」她說到這裡，低下了頭，「雖然我知道你並不願意幫我。」

俊介坐在地上。角落堆放著參考書和簡章之類的東西，他拿起最上面的小冊子，封面上印著「修文館中學招生簡章」。

「章太在幹嘛？」

「他在那棟別墅，正在用木頭做什麼。」

「美勞作業吧，他一個人嗎？」

「津久見老師和他在一起。」

「這樣啊。」俊介靠在牆上，「我觀察你們的關係後，感到很不可思議。你們大人的關係好得異常，也可以說很團結，但小孩子之間反而並沒有那麼好。來到這種地方，終於可以自由活動時，照理說四個小孩應該玩瘋了，但是在烤肉派對結束之後，他們也都個別行動，簡直就像是陌生人。這到底是怎麼回事？」

「你想表達什麼？」

「我只是說，這很不自然。」

「小孩子聚在一起，未必都能夠感情很好地玩在一起，這幾個孩子都很有個性。」

「是嗎？反正我也不懂，因為我沒有親生的孩子。」

「我知道你並不愛章太。」

「我自認為有關心他。」

「對你來說，章太只是第三人稱的『他』。」美菜子嘆了一口氣。

俊介翻著手上的小冊子問：「關谷和藤間之間的關係是怎麼回事？」

「啊？」她瞪大了眼睛。

「我昨天從外面回來時，關谷和藤間太太在院子裡摟摟抱抱，我太驚訝了，從正門走進屋內，發現關谷的太太和藤間也在客廳，坂崎也在。也就是說，他們當著自己另一半的面做那種事。我搞不清楚是怎麼回事，覺得很奇怪不是很正常嗎？」

「他們只是鬧著玩吧？」

「我也是成年男人，看得出來是鬧著玩還是玩真的。」

美菜子抱著手臂，身體靠在身後的牆壁上。她咬著嘴唇，皺著眉頭。俊介抬頭看著妻子。

「不知道。」美菜子用冷淡的語氣說，「而且我也無權干涉別人的事。」

「君子之前就對我說，他們那幾個人很異常，我現在終於瞭解這句話的意思了。」美菜子看著他，他看著美菜子的眼睛繼續說：「君子還說，妳目前還沒有問題。」

「我完全不知道在說什麼……」

「我只是懷疑他們不僅共同擁有兒子應試的煩惱，還有肉體的結合。」

美菜子的胸口劇烈起伏，看她的喉嚨，知道她在吞口水。

「我差不多該回去了。」她走向樓梯的方向。

「美菜子。」

她聽到俊介的叫聲停下了腳步，但是並沒有回頭。
「真的是妳殺了英里子嗎？」
美菜子微微轉過頭，但還是沒有正視俊介。
「你不是也看到了嗎？」
「我只看到她的屍體。」
「既然這樣……」
「我問的是，」他停頓了一下後說，「真的是妳殺了英里子嗎？」
美菜子單腳踏在樓梯上，靜止在那裡。幾秒鐘後，往下走了一級樓梯。
「你說的話太有意思了，如果不是我，是誰殺了她呢？」
「不知道，我正在思考這個問題。」
「就是我殺的啊。」她終於正視俊介，「我殺了你愛的情人。也許你不願意相信，但事實就是如此，所以你儘管恨我吧。」
俊介準備開口時，美菜子走下了樓梯。
聽到她走出玄關後，俊介仍然坐在那裡。他搓了搓臉，把手伸進頭髮，用力抓頭後，才終於站起來。

他的手上仍然拿著小冊子，他準備放回去之前，又翻了幾頁。小冊子內有修文館中學正門的照片、校舍和各種設備的照片，還有校長的照片，以及學校職員的照片。

俊介翻著翻著，突然停下了手，他的雙眼盯著那些職員。

他把手伸進了長褲的口袋，然後拿出了從英里子家裡帶回來的那疊照片。他再次盤腿坐在地上，檢查每一張照片。

他拿出了津久見和一對男女在看起來像是家庭餐廳的地方見面的照片，然後放在小冊子上進行比對。

7

晚上六點，像往常一樣開始吃晚餐。今天晚餐吃的是披薩和沙拉。這是向附近店家點的外送，因為白天在外面活動，幾位太太都累了，於是決定叫外送。再加上飯後要舉辦煙火會，所以希望盡可能減少飯後的收拾工作。

晚餐時，大家幾乎都沒有交談，無論大人還是小孩，都默默吃著披薩。沒有人發出笑聲，即使簡單聊天時，也都小聲說話。
「大家怎麼了？好像都沒什麼精神，到了第三天，果然都累了啊。」藤間用開朗的聲音說。
但是，沒有人回答，只有關谷笑著看向其他人。
「明天就要平安回家了，今晚就好好享受避暑勝地之夜。」
即使藤間如此總結，也沒有任何人有任何反應。
晚餐後，按照原本的計畫，舉辦了煙火會。因為規定不能在建築物附近放煙火，所以大家一起走到管理中心旁的空地。
坂崎和藤間放了幾發煙火之後，也發了煙火給小孩子。在吃飯時很沉默的小孩子也終於露出了笑容。
俊介正在玩仙女棒，章太走了過來。
「爸爸，車子鑰匙借我一下。」
「好啊，你要幹嘛？」
「我要去拿車上的東西。」
「好，沒問題。」俊介從口袋裡拿出鑰匙，交給了章太。

「謝謝。」章太道謝後，轉身離開了。

煙火全都放完，大家一起打掃乾淨後，又走回了別墅。每對父母帶著自家的孩子，走在昏暗的路上，但是俊介獨自走進最後面，美菜子和章太走在很前面。

所有人都回到別墅後，由津久見帶幾個孩子一起回去出租別墅。今天晚上由藤間值日。

「那就請各位好好享受最後的夜晚，我會在那裡和津久見老師下將棋。」藤間在玄關舉起一隻手說道。孩子們都已經走了出去。

「請等一下。」俊介上前一步說。

藤間仍然面帶笑容看著他問：「怎麼了？」

其他人也都注視著俊介，除了藤間以外，沒有任何人臉上有笑容。美菜子看著丈夫的眼神很嚴肅。

「藤間先生和津久見老師，可以請兩位晚一點再去那裡嗎？因為我有重要的話想說。」

藤間臉上的笑容消失了。

「非現在不可嗎？」

「對，因為非常緊急。」

「這樣啊。」藤間看著站在他身旁的津久見說：「那就讓孩子們先過去？」

「好，我去拿鑰匙給他們。」

津久見走了出去。

「要在哪裡談話比較好呢？」藤間問俊介。

「哪裡都可以，客廳也可以，或是去我們房間也沒問題，也許該說是放英里子屍體的房間。」

藤間撇著嘴角，然後帶著這樣的表情，揚了揚下巴說：「那就在客廳吧。」

津久見走了回來，告訴大家：「我已經叫他們先過去了。」

「請你把門鎖好，」俊介說，「因為千萬不能讓小孩子聽到我們的談話內容。」

津久見動了動嘴巴，但最後什麼都沒說，鎖上了玄關的門。

所有大人都在客廳集合，藤間夫婦、關谷夫婦和津久見坐在桌子旁，坂崎夫婦坐在吧檯前，美菜子把椅子搬到窗邊坐了下來。

「那就開始吧。」俊介站在那裡，巡視著所有人說：「雖然我剛才說，有重要的話要說，但並不是由我來說，而是各位，請你們務必告訴我。」

「你在說什麼？」關谷笑著說。

「當然是關於事件，兩天前的那起事件。」

「你要我們說什麼呢？」藤間問。

「真相。」俊介說，「我希望你們告訴我，那天晚上真正發生的事，在我瞭解真相之前，我無法把你們當成盟友。」

「老公……」

「妳閉嘴。」他制止了妻子發言，再度看向所有人。

沒有人說話，也沒有人看他。

「如果你們不願意開口，」俊介從口袋裡拿出手機，「我馬上打電話報警，說出那晚的事，把我所知道的一切都告訴警察。」

Chapter

4

1

沉默持續了超過十秒。在這十秒期間，所有人都像人偶一樣，停止了所有的動作。遠處傳來砰、砰的煙火聲。

「哈哈哈。」藤間低聲笑了起來，「又是真相，又是警察，簡直就像電視劇。沒問題，雖然我不太瞭解你在說什麼，但既然這樣，那我們就來好好聊一聊，但是……」

他轉頭看著津久見說：

「這件事和老師沒有關係吧？把老師扯進我們的家務事，未免太不厚道了。是否可以讓老師先回去出租別墅呢？那裡只有小孩子，沒有大人，也讓人有點擔心。」

「我也贊成。」關谷舉起了手。

「感謝你想得這麼周到，可惜沒辦法，因為津久見老師非留在這裡不可。」

「但是，老師他……」

「因為我認為，」俊介打斷了藤間的話，「老師才是掌握了這起事件關鍵的人物。」

津久見在俊介的注視下，眨了眨眼睛，不安地看著藤間。藤間收起了剛才的僵硬笑容，露出了嚴肅的表情。

俊介大步走了過去，在津久見身旁停下了腳步。這位補習班老師似乎被他的氣勢嚇到，身體微微向後縮。

「津久見老師，請問英里子對你說了什麼？」

「……我聽不懂你在說什麼。」

「她一定對你說了什麼，不，並不只是對你說了什麼，我想，她八成恐嚇了你。」

「恐嚇我嗎？太荒唐了，我第一次見到她，為什麼……」津久見搖著頭，笑中帶著困惑和猶豫的表情。

「你或許是第一次見到英里子，但是她很久之前就知道你了。不僅知道你，而且還持續觀察你。」俊介說完，把原本放在上衣口袋裡的照片出示在津久見面前，「怎麼樣？照片上的是你吧？看起來像是在家庭餐廳。」

津久見看了照片，立刻收起了下巴。他還來不及開口，俊介繼續說道：

「英里子以前曾經在徵信社上班，對她來說，這種事易如反掌。只不過她原本要調查的對象並不是你，她在我的要求之下調查美菜子。因為我猜想美菜子有外遇，想要查出她的外遇對象。英里子聽從我的指示，跟蹤了美菜子。沒想到在監視和美菜子關係良好的人，也就是你們的行動之後，發現了意想不到的事。就是這張照片。」俊介再次把照片出示在津久見面前。津久見移開了視線。

「那張照片有什麼問題呢？」藤間語氣煩躁地問。

俊介看著藤間，沒有說話，走向廚房的吧檯。坂崎夫婦緊張起來，但是俊介並沒有看他們，拿起了放在吧檯角落的小冊子。

「你們應該知道這是什麼，是修文館中學的招生簡章，就是你們千方百計，都想要讓兒子就讀的學校。」他翻開其中一頁，然後舉了起來，讓所有人都可以看到。「這一頁上有職員的照片，不是教師，而是職員。這些職員中，我曾經見過其中兩個人，但並不是實際見過，就是這兩個人。」俊介說完，用另一隻手舉起了剛才的照片。「這代表津久見老師和修文館中學的職員見了面。升學補習班的老師，和學生報考學校的職員私下見面——正常情況下，很難想像有這種事。津久見老師，可以請你解釋一下這件事嗎？」

津久見握著放在桌上的手沒有回答，藤間開了口。

「這恐怕無法一概而論，你似乎認為我們在做某些不正當的事，但是補習班利用各種人脈關係蒐集資訊很正常啊。」

「人脈關係喔。我還是想聽津久見老師說明一下，這到底是怎麼一回事。」

俊介逼問津久見，但年輕的補習班老師沉默不語。

「我還有其他照片，」俊介又拿出了新的照片。「這張照片中，除了你和修文館中學的職員以外，還有美菜子也在場。補習班老師和報考學校的職員，以及考生的母親私下見面，我不認為是自己的想法太扭曲，才無法認為這種見面有正當的意義。」

「既然這樣，你問美菜子不就好了嗎？」關谷靖子說，但是，她也不敢正視俊介的眼睛。

「即使我問她，她也不可能老實回答，所以我才會在這裡，用這種方式問各位。因為你們的謊言似乎會導致連帶的責任。」

關谷不耐煩地用力嘆了一口氣，敲著桌子說：

「你到底想說什麼？有話就直說啊。」

「好，那我就直話直說了。」俊介注視著關谷後，再度看著津久見說：

「英里子在調查美菜子的外遇對象後，意外掌握了意想不到的事。那就是你和修文館中學的職員之間的關係，然後利用這種關係，為家長斡旋走後門入學。英里子用這件事恐嚇你，也許想要勒索錢，也可能想要知道美菜子的外遇對象。在第一天的晚餐後，她對我說，兩個小時後，就可以知道一切。我推測她打算在那兩個小時中和你見面，完成各種交易。但是，你並不打算和她交易，你只想著要如何處理突然出現在你面前，危險而又礙事的高階英里子這個女人。」

「請等一下。」津久見瞪大了眼睛問：「你說是我殺了她？」

「津久見老師！」藤間厲聲叫了起來。

俊介笑了起來。

「難怪藤間先生會緊張，因為你剛才的回答，顯示你知道英里子死了，而且是被人殺害的。照理說，你應該完全不瞭解狀況。」

津久見抿著嘴，低下了頭。

俊介看著所有人。

「但我猜想實際上，並不是津久見老師被英里子恐嚇之後，為了自保而殺了她這麼簡單的劇本，但是有一件事很確定，那就是並不是美菜子殺了她。」

「你憑什麼如此斷言？」藤間問。

「我產生疑問的原因很簡單，你們並不是美菜子的親人，為什麼都願意協助這種傷天害理的事？即使關係再好，即使再不希望被捲入事件曝光所帶來的混亂，也不可能協助棄屍、包庇兇手這種事。坂崎先生最初的反應反而很合理。」俊介轉頭看向坐在吧檯前的坂崎夫婦，「他當時大發雷霆，說無法協助這麼荒唐的事。這才是正常的反應，其他人太奇怪了。」

「但是，我們最後也一起幫忙……」

坂崎說，俊介搖了搖頭說：

「所以我就覺得更奇怪了。你當時那麼激動，為什麼後來這麼乾脆答應幫忙，所以我不得不認為，事件的背後，還有另一個真相。」

俊介把手伸進口袋，拿出了揉成一團的面紙。他攤開面紙，中間被染成了淡淡的紅色。他雙手拿起面紙，出示在眾人面前。

「你們知道這是什麼嗎？」

沒有人回答。俊介把面紙放在桌子上，推到藤間一枝面前。

「妳應該知道吧？」

一枝看著俊介，微微張大了鼻孔問：「我為什麼會知道？」

「因為妳對我說，妳打掃了房間，所以是妳消除了英里子的屍體留下的痕跡。說實話，我之前就感到有點奇怪，因為留在地毯上的血跡並不容易清除，但那個房間的地毯幾乎恢復了原狀。我一度以為最近有很多效果理想的清潔劑，只要立刻擦拭，就可以清得很乾淨。但是昨天不小心移動了床，結果發現地毯上留下了些微的血跡，而且是鮮紅色。我用面紙擦了一下，就是目前在妳面前的這張面紙。」

一枝看著面紙，然後又看向丈夫。藤間繼續瞪著俊介。

「是不是很奇怪？」俊介說，「地毯上沾到的血跡已經超過一天，通常會變成黑色，但是仍然維持鮮豔的紅色，不僅如此，我用面紙沾水擦了之後，輕輕鬆鬆就擦掉了。我立刻知道，這不是血，因為我職業的關係，所以對塗料很熟悉，馬上就知道這是什麼。」他指著桌上的面紙繼續說道：「這是顏料，小孩子用的水彩顏料，所以要完全擦乾淨並不困難。」

藤間拿出了菸，把菸灰缸重重地放在桌上，開始抽起菸。其他人仍然保持沉默。

「老公，並不是你想的那樣。」美菜子開了口，「你誤會了，我能夠理解你不希望是我幹的，但事實就是我殺了人。那些紅色的顏料……我想，對，一定是其他時候沾到地毯。」

「妳不要說話。」俊介大聲說道，「妳以為我會相信這種辯解嗎？妳看看藤間先生和其他人，他們在聽我說話時，在某種程度上已經放棄了。一切都結束了，不必再演戲了。」

「姑且不談我們有沒有放棄，請你繼續說下去。」藤間抽著菸說道。

「好，那我就繼續說下去。如果血跡是假的，那屍體呢？很遺憾，屍體是真的，英里子死了。既然這樣，為什麼需要假的血跡？原因就在於希望第三者認為命案現場是在那個房間，當然是針對我，這只為了欺騙我所做的偽裝。英里子在其他地方遭到殺害，然後你們把屍體搬到了那個房間。」

俊介在關谷面前撐著雙手，然後把臉湊到他面前。

關谷的身體忍不住後仰。「幹嘛？」

「那天晚上，你搬了兩次屍體。」俊介比出了兩根手指，「你和我一起把屍體丟進湖裡，其實是你第二次搬屍體，在此之前，你已經搬過一次了。」

「你憑什麼說這種話？你有證據嗎？」關谷單側臉頰抽搐著。

俊介退了幾步，站在門旁，然後指著身旁的牆壁。那裡貼著小孩子畫的畫。

「請看章太的畫，他畫了這棟別墅。車子都停在停車場，不用我說明，各位也知道前面那輛休旅車是關谷先生的車子。各位看了就知道，車頭朝向別墅的方向，但是那天晚上——」俊介雙手扠在腰上，「搬英里子的屍體時，關谷先生車子的車頭朝向馬路的方向，也就是說，在這段期間，他曾經用過那輛車子。」

關谷發出一聲低吟，身體不安地動來動去，但仍然擠出了笑容。

「就憑這種事……我想起來了，那天晚上，我好像曾經用過幾次車子，對不對？」他徵求妻子的同意，但是關谷靖子無法立刻反應，一臉快哭出來的樣子。

「還有另一件奇怪的事，就是湖畔的船。」俊介說，「我們在搬屍體時，有一艘船是可以直接使用的狀態，當時我以為只是剛好而已，甚至覺得很幸運。因為如果所有船都翻過來，我們還必須從頭開始做準備才能使用。我們在破壞屍體，讓人無法瞭解屍體的真實身分之後，就可以立刻把船划出去。我和藤間先生把屍體沉入湖中之後，把船放回原位就離開了。但是在我送太太美菜子去飯店回程的路上，我又去那裡看了一下，發現我們用過的那艘船又被人翻了過來。那時候已經很晚了，不可能是租船業者做的。我也把這件事告訴了藤間先生，但是他似乎並不在意這件事。他在棄屍的問題上深思熟慮，小心謹慎，這種反應實在太奇妙了。但是，換一個角度思考，就會發現合情合理。」他向前一步，豎起了右手食指，「當時還有另一個幫手，那個人在暗中協助我們順利棄屍。我猜想那個人應該比我們搶先一步到了出租船碼頭，張羅好小船，但是，那個人無法現身。正確地說，是不能被我看到。因為在向我說明事件時，那個人並不知道這起事件。」

俊介看著津久見說：

「所以，津久見老師，你就是暗中的幫手。你先去了出租船碼頭準備了船隻，在我們棄屍完畢離開之後，你又把船隻恢復了原狀。」

「不，我……」

津久見結結巴巴，想要說什麼，俊介無視他的反應。

「準備船隻和善後並不是什麼重要的工作，我們自己也可以完成，但是，需要津久見老師以某種方式提供協助，反過來說，是必須讓老師以某種方式提供協助。所有瞭解真相的人都參與犯罪，才能緊密地團結在一起，以此預防老師事後越想越害怕，最後向警方說出實話。」

俊介看著所有人的臉，在桌子周圍踱步。他緩緩繞了一周，回到原來的位置時，繼續說了下去。

「如果你們想要反駁，可以說出來，或是有人可以針對我提出的幾個問題，提出合理的說明，也請你們發言。總之，在目前的狀況下，我無法提供進一步的協助，也不想協助各位，如同我剛才所說，我只會報警處理。雖然報警的結果，會讓我也被追究罪責，但是即使這樣也沒有關係，與其在被謊言糊弄的情況下成為共犯，我選擇因為棄屍罪被告上法庭。這種說法可能有點投機，但我相信可以讓法官認為有網開一面、酌情減少刑責的餘地。各位認為怎麼樣呢？」

他提高了音量說。

坐在桌子旁的兩位太太沮喪地低下了頭，關谷和津久見露出了痛苦的表情。美菜子一動也不動，坂崎抱著頭，坂崎君子注視著半空中的某一點。

只有藤間面無表情。他抬頭看著天花板，似乎在思考，然後用力嘆了一口長長的氣。

「果然還是變成了這樣的結果……」他灰心地說。

「果然是什麼意思？」俊介問。

「當初有兩個計畫，分別是簡單的計畫和複雜的計畫，我打算選擇簡單的方法，但是美菜子表示反對，她說一定不可能成功。沒有人能夠反駁她，所以最後選擇了複雜的方法。」

「事已至此，希望你打開天窗說亮話。」

「不好意思，你說得對，我只是想辯解一下。包括我在內，有幾個人主張一開始就告訴你所有的實情。」

「這的確只是辯解，但是既然你都這麼說了，那我可以認為你現在願意對我實話實說了吧。」

「如果我不說，你不是打算馬上報警嗎？」

「沒錯。」

「既然這樣，那我們就無路可退了。」藤間移開了原本看著俊介的視線，巡視了所有人，「看來已經不可能繼續隱瞞了，我可以告訴並木先生吧？」

沒有人回答。藤間又說了一次：「那我要說囉？沒問題吧？美菜子，沒問題吧？」

「只要大家沒意見……」美菜子低著頭回答。

藤間輕咳了一下，再次看向俊介。

「既然你已經推理到這種程度，我相信你已經隱約察覺到真相了。我想先聽聽你的推理。」

「即使說出來——」

「這是決心的問題，因為如果無法瞭解你的決心，就很難據實以告，因為情況真的很微妙。」

俊介抱著雙臂，輕輕低吟了一聲。他看向其他人，除了藤間以外，所有人都低著頭。

「老實說，稱不上是推理，只是我的想像。我對這起命案有一些想像。」

「但說無妨。」藤間點了點頭。

「既然美菜子不是兇手，那她到底在袒護誰？是我一直想知道的，她的外遇對象嗎？如果是這樣，其他人不可能一起協助隱匿。大家這麼齊心協力，就連津久見老師也不顧一切想要包庇的人到底是誰？在思考這個問題時，只有一個答案。既然我已經說到這裡，相信各位不難猜到我如何想像這次事件的真相。雖然只能說是很荒唐的幻想，但是我想不到除此以外的答案。我認為是參加這次旅行，但目前又不在場的人殺了英里子。」

「沒錯，你說對了。」藤間露出了笑容，靜靜地說：「兇手是小孩。」

2

室內陷入了徹底的寂靜，所有人都一動也不動，聽不到衣服摩擦的聲音，連呼吸聲也聽不到。

咯吱。地板擠壓的聲音最先打破了這份沉默。因為俊介踏出了一步。

「是誰？」他問藤間。他說話的聲音很低沉，「還是該問是誰的兒子？該不會也和我的推理一樣？」

「喔？你是怎麼推理的？」

「兇手是，」俊介繼續說了下去，「是那幾個孩子，也就是四個孩子聯手完成的，所以你們都毫不猶豫地願意成為共犯。」

「原來如此。」藤間點了點頭，「你前面的推理這麼精采，也難怪會得出這樣的結論。」

「我的推理有誤嗎？所以並不是所有的小孩都參與了這件事。」

「在回答這個問題前，也許我該從頭開始，按照順序詳細說分明，把發生的一切都一五一十告訴你。」

「太好了，我也不希望只是言簡意賅的說明。夜晚很長，我洗耳恭聽。」

「那就先由津久見老師說明，從和高階英里子的談話說起。」

津久見被藤間點名後，露出了困惑的表情，小聲地問：「真的要說嗎？」

「既然並木先生已經洞悉到這種程度，無法再繼續瞞下去了。現在只能實話實說，然後動之以情，把我們的想法告訴他。」

津久見聽了藤間的話，垂下雙眼，沉默了片刻。最後，他抬頭看著俊介，放在桌上的雙手握著拳頭。

「高階小姐最初用閒聊的方式主動和我搭話，我完全沒有想到她認識你，所以沒有警覺心。但是聊了一陣子後，我發現她並不是偶然找我說話，而是有明確的意圖。她對我和其他人的瞭解超乎想像，不僅如此，她還知道大家都希望兒子可以考上修文館中學。」

「而且，」俊介說，「她更知道你運用特別的人脈關係和修文館中學的職員接觸，為特定的家長走後門入學的事——是不是這樣？」

「雖然走後門入學的說法並不正確，但是這不重要，因為高階小姐當時也這麼說，她出示了和這張差不多的照片。」津久見拿起了放在桌上的照片，那是他和兩名職員在家庭餐廳內見面的照片，「但是和這張照片不同的是，該怎麼說……並不只是補習班老師和私立中學職員，以及考生家長見面而已，她出示的照片中，有幾個決定性的畫面。」

「決定性……你的意思是，」俊介舔了舔嘴唇後，再次開口說：「是拍到了顯示有交付金錢的照片。」

津久見看向藤間，藤間說：

「你或許覺得這種手法很骯髒，但父母為了孩子，往往願意不計一切代價。得知可以用金錢買到入學資格，即使明知道這種方法不正當，仍然無法抗拒這種誘惑。你說得沒錯，高階小姐向津久見老師出示的照片，拍到了我老婆把裝在信封裡的錢交給對方的畫面，還有關谷先生……」

「靖子帶了錢去見他們，當時的場景也被拍了下來。」關谷無奈地說。

俊介問美菜子：「妳也付了錢嗎？」

「不。我還……」美菜子輕輕搖了搖頭。

「美菜子似乎還沒有付錢，但是，妳也打算付錢吧？」

美菜子猶豫了一下，點了點頭。

「我們也還沒有付錢，」坂崎君子說，「但是聽津久見老師說，有這種方法後，我們也打算想辦法。」

俊介嘆了一口氣，緩緩搖了搖頭。

「你特地去英里子位在東京的家，也是為了拿回她可能掌握的其他證據吧？真是令人傻眼，既然你們舉辦這種衝刺夏令營，為什麼還要搞什麼走後門入學？難道你們不願意相信小孩子的學力和努力嗎？」

「正因為看到他們刻苦用功的身影，所以才想要助一臂之力。」關谷靖子紅著眼眶說，「因為一旦落榜，之前辛苦的努力全都泡湯了，那不是太可憐了嗎？」

「讀過的書不可能白費。」

關谷聽了俊介說的話，噗哧一聲笑了起來。

「為了應付考試而讀的書，只能在考試時派上用場，這種事根本是常識。」

「即使是這樣——」俊介說完，輕輕閉上了眼睛，深呼吸之後，看著津久見。「那個後門確實嗎？我的意思是，只要付了錢，對方保證一定能夠入學嗎？我聽說有人花言巧語，用這種方式騙錢。」

「對方雖然沒有說絕對可以保證，」津久見難以啟齒地開了口，「但應該可以說很有把握。我剛才也稍微提到，其實這並不算是走後門入學。因為學生會去參加入學考試，也會按照正常的程序判斷是否合格，無論付再多錢，也無法插手這件事。」

「既然這樣……」

「所以只是讓考生考出好成績，」津久見說：「只要分數夠高，就可以考上，我介紹各位家長和修文館的職員認識的目的，就是獲得考生能夠考到高分確實的方法。」

「確實的方法……」俊介微微歪著頭，「該不會是洩題……」

「沒錯。」津久見眉頭深鎖地點了點頭，「照片上拍到的職員，尤其是男性職員負責保管考卷。」

「所以他就利用職務之便中飽私囊嗎？雖然到處都有這種事……」俊介低吟著。

「既然這樣，只要一個人付錢不就解決了嗎？大家合資買考卷，然後再輪流分享。」

「對方當然也想到這種事，所以並不是把考卷影本交給我們，因為如此一來，就會留下證據，而是在考試的前一天晚上，只有付了錢的考生和家長，都一起住在都內的飯店，到時候才會看到考卷，必須用手抄的方式抄題目，對方也不會告知答案，所以考生和家長必須趕時間一起解題，根本沒有空告訴其他人。」

「原來是這樣，英里子也掌握了這些事嗎？」

「不，她似乎並不知道這麼具體的事，所以才會用『走後門入學』的字眼。但是，她看到照片上付錢那一幕，發現其中有不可告人的事。她當時笑著對我說，也不排除要向媒體公布這些照片。」

「她提出什麼要求作為條件？向你勒索錢嗎？」

「不，那時候她並沒有提出任何要求，只是告訴我，她掌握了這些事。」

「她沒有提出任何要求嗎？」俊介歪著頭納悶，「為什麼呢？」

「並木先生，這是恐嚇的原則，」藤間說，「一旦提出要求，就是犯罪，很可能因此栽跟頭。首先表示自己掌握了把柄，然後再看對方怎麼出招。她雖然長得漂亮，但是個狠角色。既然她曾經在徵信社上班，很可能是那時候學到的招數。」

俊介咬牙切齒地瞪著藤間，但是沒有說任何話，把視線移回津久見身上。

「當時只說了這些就離開了嗎？」

「不，她說想要晚一點再好好聊一聊，於是我們就約好晚餐後再見面。」

「在哪裡見面？」

「你知道出租別墅旁有一小塊空地嗎？那裡種了櫟樹，樹上掛著吊床。我們約好九點在那裡見面。」

「九點嗎？但是在此之前，你已經約了她一起吃晚餐嗎？」

「並不是我約她，我和高階小姐說完話之後，關谷先生走了過來，得知高階小姐是你的下屬之後，就問她要不要一起吃晚餐。」

「當時我還不知道津久見老師和她在聊這種事。」關谷辯解道。

「那你是什麼時候知道的呢？」

「晚餐結束之前，津久見老師把他們聊天的內容告訴了我和關谷先生。」藤間說，「我很驚訝，但最後決定先聽她怎麼說，暫時不告訴其他人。因為在我們決定要採取的方針之前，其他人即使知道了，也只會徒增內心的不安。只不過我們是在院子的角落說這件事。」他看向後院，「可能有點太輕率了，因為原本以為那裡沒有人。」

「你的意思是？」

「我猜想有人聽到了我們當時的談話內容。」

「你是說小孩子。」

「是啊。」

「是誰呢？」

「遲早會知道。津久見老師，請你繼續說下去。」藤間向津久見伸出手掌。

「並木先生，我想你應該也記得，那天晚上，我在九點之前，向各位分享了一些經驗。之後，我就去了和高階小姐約定的地方，就是我剛才說的，種了櫟樹的空地。」

「請等一下，在此之前，要先說一下我的情況。」關谷微微舉起了手。

「我比津久見老師早一步離開這裡，因為我想偷偷觀察老師和高階小姐對話的情況。因為我不能立刻去他們約定的地方，所以就先回出租別墅，過了一會兒才出門，躲在遠處的樹後觀察，她坐在櫟樹旁發呆。但是，津久見老師遲遲沒有現身，我覺得很奇怪，於是又回來這裡，剛好遇到津久見老師。一問之下才知道，他剛才在找其中一隻鞋子。我們聊著竟然有這種奇怪的事，然後一起走向高階小姐等待的地方。我在中途放慢了腳步，不一會兒，就看到津久見老師臉色大變地跑了回來。老師當時的樣子很不尋常，我問他發生了什麼事……」

關谷看向津久見，似乎示意他繼續說下去。

津久見注視著桌子說：

「她死了，在櫟樹旁頭破血流……」

俊介吐出了憋著的氣。

「為什麼當時沒有馬上報警？」

「我們想要報警，但是在此之前，關谷先生發現了一件事。」

「就是腳印。」關谷說，「現場留下了幾個腳印，我看到那些腳印，知道出了大事。」

「你說的腳印莫非……」

「沒錯，並木先生，你應該也知道，就是那幾個孩子穿的同款球鞋的腳印。」

3

「旁邊有一塊石頭，差不多像躲避球的大小。那塊石頭上有血跡。」關谷用沒有起伏的語氣說，「由此可知，有人悄悄從背後靠近她，用那塊石頭打中她的頭，但問題在於並不知道是誰幹的，只不過留在那裡的腳印，明確顯示了誰是兇手。不——」他搖了搖頭，「說知道誰是兇手的說法並不正確，也許應該說是知道了什麼樣的人是兇手。總之，我不知道如何是好，於是用手機打了電話，把藤間先生找來這裡。」

「你確定命案現場是在櫟樹下嗎？」俊介小聲嘀咕。

「我接到電話趕去現場後，也感到不知所措。」藤間苦笑著，「一開始很混亂，所以我認為必須報警，因為當時無法思考其他事。但是，在聽關谷先生和津久見老師說明的情況後，我覺得不能貿然決定。」

「所以你知道兇手是小孩子。」

藤間點了點頭，他的臉上已經收起了笑容。

「除了鞋子留下的腳印，在聽他們說了當時的情況後，我排除了其他可能性。

因為那時候附近完全沒有人影，而且高階小姐的屍體並沒有遭到強暴的跡象，也沒有被偷走任何東西。雖然很難相信，但是我們只能接受事實。」

「小學六年級的男生力氣不小，而且高階小姐當時坐在那裡，即使是小孩子，也有足夠的力氣舉起石頭砸下去。因為兇手是從背後悄悄靠近，高階小姐應該在完全不知情的情況下就死了。」關谷淡淡地說：「我們也知道，小孩子比大人更加殘酷。」

「於是你們決定搬動屍體嗎？」

「那時候還沒有決定要怎麼做，只覺得屍體繼續留在那裡不妥當。於是就請關谷先生用車子搬動屍體，當然也清除了現場留下的腳印，然後用泥土蓋住了高階小姐的血跡。」藤間說到這裡，看向門口的方向說，「為了避免把屍體搬下來時被別人看到，於是就請關谷先生倒車進入停車場，完全沒有想到你會發現和原來不同，而且是章太的畫成為線索……」

「你們什麼時候明確決定了方針？」俊介問。

「把屍體搬進來時，就大致決定了。因為必須向幾位太太說明情況。」

「當時在場的有……」

「除了我們夫妻之外，還有關谷夫婦、美菜子和津久見老師。雖然君子也在這棟別墅，但是她吃了藥睡著了。我們認為知道秘密的人越少越好，於是就沒有叫醒君子。」

「然後你們決定棄屍。」

「對，大家都同意，這是唯一的方法。沒想到準備執行時，發生了意想不到的事。」藤間注視著俊介，然後對他說：「並木先生，因為接到了你的電話，說要回來別墅。」

「所以那通電話對你們造成很大的震撼。」

「太震撼了。因為從高階小姐和津久見老師的談話中，已經猜到她是你的情人，所以我們認為你不可能接受我們的意見，但是無論如何，都必須避免你一怒之下報警。在你開車回來期間，我們熱汗、冷汗冒個不停，絞盡腦汁思考是否能夠製造出即使你再怎麼不願意，也不得不協助我們隱匿這起事件的狀況，最後美菜子想出了用那種方法偽裝。」

俊介看向妻子，她微微抬起頭，瞥了丈夫一眼，又立刻低下了頭。

「我認為是個妙計。即使你打算離婚，在現階段，你也不希望太太成為殺人兇手，而且如果殺人的動機是和情婦之間的爭執，一旦事情曝光，就會影響你的社會地位。我認為這是唯一可以讓你協助棄屍的方法。」

「所以就把屍體搬去我們房間，還留下了假血跡。」

「津久見老師回去出租別墅，帶了顏料回來，但似乎有點做過頭了。一枝沒有擦乾淨固然是疏失，但是不能否認，我們太小看你了。」藤間說到這裡，突然站了起來，向俊介深深鞠了一躬。「我們並沒有惡意，只是無論如何都想隱匿這起事件，才會這麼做。我知道你無法原諒我們，但至少希望你能夠理解。」

關谷也跟著鞠躬，他們的妻子也都跟著鞠躬道歉。

「你們的演技太精湛了，我完全上了你們的當。美菜子，妳也很會演。」

俊介對妻子說，但是她一動也不動。

「你們怎麼處理兇器？」俊介問，「在真正命案現場的那塊石頭呢？」

藤間再度露出了無力的笑容。

「和屍體一起沉入了湖底。並木先生，我不是和你一起做了這件事嗎？」

「所以那些用來增加重量的石頭中……」

「在你和關谷先生用塑膠布把屍體包起來時，我不是說要去撿石頭嗎？其實當時並不是只有我一個人而已，津久見老師也一起幫了忙，就是在那時候，把兇器的石頭混在裡面。」

「難怪……當時我還很納悶，你怎麼可以在短時間內撿到那麼多石頭。」

「一切都被你看穿了。在我們採取行動的同時，津久見老師一直在背後幫忙，所以才能夠順利完成。」

「所以他是幕後功臣。」俊介走去吧檯，站在坂崎夫婦的身後說：「你們是在準備離開這裡時，才聽說剛才那些事吧。藤間先生他們無論如何都希望你們留下來，所以把這些事告訴了你們。」

「既然涉及孩子，也只能這樣了。」坂崎小聲地說，「藤間先生說，因為你不瞭解真相，所以要騙你，讓我有點痛苦……」

「因為涉及孩子……」

俊介回到房間中央，再次看著所有人，最後將視線停在藤間身上。

「我瞭解大致的情況了，雖然有很多出乎意料的事，但和我原本的想像並沒有太大的差異。但是，你們剛才說明的情況中，遺漏了最重要的事，甚至覺得你們在說明時格外小心謹慎，故意避談這件事。但是，在瞭解最重要的事之前，我當然沒辦法接受。我想你們當然知道我在說哪一件事。」

藤間吐了一口氣，垂下了肩膀。

「我知道。」

「那可以請你告訴我那件重要的事嗎？」俊介提高了音量，「我現在知道，兇手是小孩子，但到底是四個孩子中的哪一個？還是像我最初所說的，是他們四個人聯手幹的嗎？」

藤間按著眼角後，依次看向關谷夫婦、一枝、美菜子和坂崎夫婦，但是沒有人看他。藤間露出無力的眼神，將視線移回俊介身上。

「不，並不是四個人，兇手只有一個人。」

「一個人……」

「關谷先生的說明可以作為參考……」藤間示意關谷說明。

關谷抓了抓額頭，皺起了眉頭。

「正如我剛才所說，我比津久見老師早一步離開這裡，打算先去他和高階小姐約定見面的地方。但是因為時間還早，所以我就先回出租別墅了，當我再次準備出門時，」他說到這裡，停了下來，用力深呼吸，「我發現鞋櫃裡只有三雙小孩子的球鞋。這件事千真萬確，只是我當時並沒有想太多，在事後回想時，才發現這件事的重要性。」

「這樣啊。」俊介瞪大了眼睛，「既然殺了英里子，就代表那時候已經離開出租別墅了，既然有三雙鞋子，那就至少有三個人還留在別墅內。」

「那名兇手，」藤間說，「可能偷聽到晚餐後，我和關谷先生，以及津久見老師說話的內容，他認為突然出現的高階英里子這個女人在搞破壞，於是決定殺了她。津久見老師出現在他們約定地點之前是動手唯一的機會，為了爭取時間，必須設法拖延津久見老師出門的時間……」

「對喔，」俊介拍著手，「所以才會少了一隻鞋子……」

「那是兇手幹的，為了拖延津久見老師離開這裡的時間。」

俊介摸著頭，用力抓著頭髮，「怎麼會這樣？小孩子竟然這麼……」

「關谷先生剛才不是也說了，他們比大人更殘酷，而且心思縝密。在準備採取行動時，會比大人更冷靜地研擬計畫。」藤間垂頭喪氣地說。

「所以呢？」俊介注視著地板問，「兇手是誰？請你不要再賣關子，四個小孩中，到底是誰殺了英里子？」

俊介的聲音在室內迴響，因為所有人都沉默不語，就連藤間都痛苦地低著頭。

「藤間先生。」俊介叫了一聲。

藤間緩緩搖著頭說：「不知道。」

「啊？」

「真的不知道。兇手是四個孩子之一，但是不知道是哪一個人。我們不知道是誰的孩子殺了人。」

4

俊介茫然地站在那裡，然後眨了眨眼睛，好幾次張嘴，但又閉了起來。最後，他問自己的妻子：「是這樣嗎？」

她用力點了點頭，好像全身都虛脫了。

「不，但是，如果是這樣，」俊介說話還是結巴起來，「不就代表你們並不知道自己在包庇誰嗎？你們連兇手是誰都不知道，有必要隱匿這起事件嗎？」

「我們知道誰是兇手，」藤間說，「是小孩，是我們小孩中的某一個人。」

「你的意思是，不需要知道誰是兇手嗎？無論是誰，都要包庇到底嗎？你們也太團結了。」俊介說到這裡，停頓了一下。他張大了嘴，但沒有發出任何聲音。他吸了一口氣，然後看著其他人。其他人圍著他，都露出悲傷的表情看著他。

他用力吐了一口氣。

「是這麼一回事。原來如此，原來是這樣。」

「你能夠瞭解我們的想法嗎？」

「你們無法相信自己的孩子，你們懷疑自己的孩子可能是兇手，所以不想知道真相。即使不瞭解真相，也會全力隱匿這起事件。」

俊介在美菜子面前彎下腰，抓著她的雙肩，前後搖晃著。

「妳也是嗎？妳無法相信章太嗎？妳認為他可能殺了人嗎？」

她的黑色眼眸轉動，注視著丈夫。

「你覺得我不相信章太嗎？」

「既然妳相信……」

「但是，」她說，「其他人也都一樣，大家都相信自己的孩子，認為自己的孩子不可能做那種蠢事，但是，有人的這種信念遭到了背叛，你覺得我能夠斷言，那個人不是我嗎？」

「但是……妳應該知道，自己的兒子是不是兇手這種事。」

美菜子露出憐憫的眼神看著丈夫，露出淡淡的微笑。

「我自認為知道，但是，目前在這裡的所有人都一樣。我完全瞭解你的主張，但是事實無法改變，事到如今，就像是俄羅斯輪盤，一定有人會中，每個人的機率都一樣。」

「既然這樣，就放棄確認彈珠會滾到哪裡嗎？」俊介搖了搖頭說：「我無法理解。」

「我想你真的無法理解，我一開始就知道了。」

「妳為什麼這麼認為？是因為章太不是我的親生兒子嗎？」

美菜子閉上了眼睛，然後緩緩睜開後，動了動嘴唇說：「對啊。」

俊介吐了一口氣，把頭轉向一旁。

「我剛才說的話並不正確，」藤間說，「我剛才說，因為高階小姐是你的情婦，所以我們認為你不願意協助我們，但其實不僅是因為這個原因。我們認為即使說出實情，你恐怕也無法體會我們的心情。我們預料到，你一定會主張查明誰是兇手。」

俊介再次搖了搖頭，他搓了搓臉，抱著頭。

「我完全無法理解。有四分之一的機率，得知是自己的孩子幹的，照理說，不是會在瞭解真相之後，才開始思考如何隱匿或是故布疑陣嗎？」

「一旦瞭解真相就來不及了。」藤間一枝說，「因為一旦知道兇手不是自己的孩子，就不會蹚這種渾水。因為不知道，所以才能夠不計代價，齊心協力掩蓋真相。」她低沉的聲音聽起來格外響亮。

俊介站了起來，他繼續搖著頭。他走到入口的門旁時，轉過頭說：

「我再說一次，我無法理解，實在太離譜了。很遺憾，我無法滿足各位的期待。」

「怎麼會這樣？」關谷站了起來，但是藤間抓住了他的手臂。

「現在勉強並木先生也沒有意義，我不是一開始就說，只有像鋼鐵般團結一心，才能克服這次的難關。」

「但是……」關谷低下了頭。

「並木先生，請便。」藤間伸出手掌，「你可以憑自己的判斷採取行動，該說的我們已經都說了，接下來就請你自行判斷。」

「我打算報警。」

藤間用力收起下巴後點了點頭說：「我們也無可奈何。」

「失陪了。」俊介走出房間。

5

即使回到自己的房間，俊介也沒有任何行動。他坐在床上，一動也不動。

房門靜靜打開，美菜子走進房間，反手關了門。

俊介瞥了妻子一眼，默默站了起來，把行李裝進了行李袋。

「你是不是輕視我……輕視我們？」妻子說話的聲音好像在呻吟。

丈夫沒有停下手，只是搖了搖頭說：「我搞不懂。」

「這樣啊……也許吧。」

「為什麼沒有堅定的信念？為什麼不相信自己的孩子？難道妳覺得章太會做這種事嗎？妳覺得他會因為想要考上學校就殺人嗎？這種事，根本不用想就知道答案。」說完，他無力地揮了揮手，「但是，即使我說破了嘴也無濟於事，即使所有的父母都相信孩子，都會有一對父母的信任將遭到背叛。」

「大家內心都感到愧疚。」
「愧疚？什麼意思？」
美菜子坐在床上，揉著自己的肩膀。
「藤間先生剛才說明的情況，有一小部分說了謊。」
「哪一部分？」
「關於洩題的回報……」
「回報不就是付錢嗎？」
「我說的是付錢以外的部分。」
「除了付錢，還有其他的嗎？」俊介說完之後，轉頭看著美菜子，瞪大了眼睛。
美菜子一動也不動地看著地上。
「該不會……」他無法繼續說下去。
「就是你想的那樣。」美菜子低著頭，繼續說了下去，「並不是只有一名職員參與洩題這件事，包括負責人在內，總共有三個人，兩男一女，不用說，當然是那兩名男職員掌握了實權。」
「那兩個男人提出要求？」

「對。」美菜子說，「他們要求考生的母親獻身，以此代替簽約。」

「津久見斡旋這種事嗎？」

「並沒有強制，只是用暗示的方法，威脅說如果不事先簽約，不知道在緊要關頭會出什麼狀況。」

「那個傢伙！」

「津久見老師只是按照對方的指示行事，他也並不願意做這種事。」

「妳也……」俊介吞著口水問：「妳也簽約了嗎？」

美菜子緩緩搖了搖頭說：「我還沒有。」

「還沒有？」

「因為我下不了決心。說實話，我很想拿到考卷，也願意為此付錢。你不要誤會，在和你結婚之前，我自己存了一筆錢。我不會在金錢上造成你的困擾，但是當對方要求肉體的回報時，我還是忍不住猶豫起來。」

「我認為這才正確，所以目前還未答覆嗎？」

她點了點頭說：「但是差不多該回覆對方了。」

俊介張大嘴巴，用力吸了一口氣。

「所以那個保險套，就是為這個目的所準備的嗎？妳已經決定要獻身了嗎？」
「還沒有決定，我還在猶豫。正確地說，之前一直在猶豫，我希望直到最後一刻才作決定。因為我帶著保險套，即使真的這麼做，也不必擔心懷孕，如果這樣仍然感到猶豫，那就決定放棄。」
「怎麼會有這種事？」俊介摸著額頭，「只能說你們瘋了。」
「是啊，我們真的瘋了，只不過是入學考試，花一大筆錢也就罷了，甚至還要求太太獻身。」美菜子忍不住發笑，但她的聲音在顫抖。
「等一下，所以樓下那幾位太太……」
「雖然我沒有問，當事人也不會說，但八成已經簽約了，至少一枝和靖子是這樣。」
俊介發出呻吟。
「不僅是她們本人，她們的丈夫到底在想什麼？」
「我想他們……」美菜子微微歪著頭說：「他們應該並不知道。」
「什麼意思？」
「私下取得試題這件事，每次都是找考生的母親，由津久見老師牽線，考生的母親和修文館中學的職員見面。交易的事都在那時候說，剛才所提到簽約的事，也是在那個時候暗示，而且還會貼心地建議，最好不要告訴自己的老公。」

「所以她們的老公不知道嗎？」

「表面上是如此，」美菜子只有嘴角笑了笑，「但其實他們知道，因為這種事想瞞也瞞不了，只是夫妻之間建立了默契，不會提這件事。」

「我想也是。」

「剛才不是提到，英里子拍到了交付金錢的瞬間嗎？其實並不完全正確，實際上是拍到了簽約的證據。」

「簽約的？喔喔……」俊介點了兩、三次頭，「幾位太太和修文館中學的職員一起走進摩鐵的瞬間。原來如此，我終於瞭解了，我就在想，不可能輕易拍到交付金錢的瞬間。」

「藤間先生和關谷先生得知有那些照片，都六神無主了。」

「那當然。雖然我說了好幾次同樣的話，但是他們為什麼願意讓自己的老婆和別人上床？為什麼還能夠一副無所謂的態度？」

「換成是你呢？」美菜子問，「如果我也做了同樣的事，你應該也無所謂吧？」

「這——」俊介說到一半，瞪著妻子問：「什麼意思？」

「因為我覺得你根本不在乎我，因為，」她抬眼看著丈夫，「你應該很希望我在外面有男人，你就可以名正言順地和我離婚了。」

俊介沒有回答，重重地吐了一口氣，在旁邊的椅子上坐了下來。

「每個家庭都一樣，當小孩子六年級時，夫妻之間的感情已經淡了，但是無論是藤間先生或關谷先生都不想離婚，所以還是很在意太太做這種事，不可能無所謂。即使事情結束之後，心裡仍然會有疙瘩。他們為了逃避這種痛苦，所以就想到了逃避的方法。你猜是什麼？」

俊介搖了搖頭。

「是自由戀愛。」她說，「雖然仍然維持夫妻關係，但是容忍彼此各玩各的。呵呵，雖然聽起來很開放，但其實就是破罐子破摔，對彼此的外遇睜一隻眼，閉一隻眼。」

「難怪關谷和一枝在院子裡摟摟抱抱，藤間和靖子應該看到了，卻什麼都沒說。搞不好他們也在那裡親熱。」

「藤間先生說，」美菜子恢復了嚴肅的表情，「他有管道可以張羅到合法的毒品，那兩對夫妻有時候會用那些毒品開轟趴。」

「轟趴？」俊介拍了一下大腿，「坂崎先生曾經提過這件事，藤間掩飾說，是開轟趴唱卡拉ＯＫ。」

「坂崎先生最近才加入，他似乎覺得這次旅行時，搞不好也有機會開轟趴。」

俊介站了起來，搖著頭在房間內踱步。

「簡直瘋了，父母竟然背著小孩子沉迷毒品。對了，之前君子就說，那幾個人不正常，原來就是說這件事。」

「君子輕視所有人，但是她的兒子拓也的成績最差，所以她很煩惱該怎麼辦。因為她知道坂崎先生整天外遇，她根本不必在意他的想法，但她因為自己身體的因素，所以遲遲下不了決心。聽說她動手術之後，就完全沒有夫妻生活。」

俊介做出了投降的動作，然後重新回到行李袋前，繼續收拾行李。

「老公……」

「我已經知道了，我說了好幾次，你們真的瘋了。」

俊介拉起了行李袋的拉鍊，戴好手錶。

「是啊。」美菜子靜靜地說，「我們瘋了。雖然並不是沒有意識到這件事，但覺得入學考試結束之前，無論發生任何事都無可奈何，所以不願正視問題，但最後只是自掘墳墓。」

俊介看著妻子的臉，淚水從她的眼中流了下來。

「我們不知道誰是兇手，因為想到自己的所作所為，就知道不可能不對孩子造成不良影響。英里子發現了我們的秘密，而且還掌握了證據，是對我們致命的威脅。如果在她遭到殺害之前就得知這件事，我可能也會希望她從這個世界消失，所以我無法說，章太沒有同樣的想法。我們是因為對自己沒有自信，所以無法相信那些孩子。」

俊介搖了搖頭，拿起了行李袋說：

「隨你們的便，只不過我無法奉陪。」

他穿越房間，握著門把，但是在打開門之前轉頭看向後方。

美菜子拿著剪刀站在那裡。剪刀的前端很銳利，閃著銀色的光。

俊介不由得做出了防衛的姿勢，「妳要殺我嗎？」

「我不知道該怎麼辦，但是如果讓你離開這裡，大家都會很不幸。」

「難道現在不是不幸嗎？」

「如果你打算報警，」美菜子哭著說：「就說是我殺了英里子，不要說出真相。」

俊介吐了一口氣說：

「我怎麼可能做這種事？一旦警方開始偵辦，就無法說謊。即使說了謊，也馬上會被戳破。」

「我想救章太。」

「他未必就是兇手，不是只有四分之一的機率嗎？反正，」俊介打開了門，注視著妻子手上剪刀的刀尖，走到走廊上，「我無法說謊，只會說實話。」

他關上了門，走下樓梯。玄關沒有人，他穿鞋子時，也沒有任何人現身。

樓上傳來美菜子的哭泣聲。

外面一片漆黑，俊介坐進車子，發現座椅感覺和平時不太一樣，但是他沒有理會，把車子開了出去。

離開別墅區後，繼續開了一段路，他把車子駛向路肩停了下來。打開車內燈，移動身體，看著座椅的椅背。

削成圓形的木頭用繩子串起，綁在椅背上。他再次靠在椅背上，發現木頭剛好在他兩側肩膀和腰的位置，而且副駕駛座上，還有一個彎成U字形、像是不求人抓背器的東西，其中一端是圓形木頭，另一端纏著球拍用的握把布。俊介拿在手上，打量片刻之後扛在肩上，前端的圓形木頭不偏不倚，剛好抵住他後背經常疼痛的位置。

俊介打量著這兩件奇特的美勞作品，最後關掉了車內燈，把車子開了出去。

他利用空地掉了頭。

他再次回到了別墅區，駛過藤間的別墅，把車子停在出租別墅旁，然後拿著那兩件美勞作品下了車。別墅二樓亮著燈，他按了玄關的門鈴。

門打開了，隔著門鏈，看到了坂崎拓也的臉。「啊，章太的爸爸……」

「你好，」俊介對他笑了笑，「可以請你叫章太出來嗎？」

「好。」拓也回答後，把腦袋縮了回去。

不一會兒，門又打開了，這次門鏈打開了。章太站在門內。

「什麼事？」章太一臉不知所措。

「這是你為我做的嗎？」

少年看到那兩件美勞作品，笑著問：「你覺得怎麼樣？」

「不偏不倚剛剛好，」俊介也笑了起來，「剛好戳中後背和腰部的穴位，我可以邊開車邊按摩了。」

「因為經常聽你說，你的背和腰很痛。」章太害羞地低下了頭。

「謝謝你，你竟然知道尺寸。」

「我白天的時候量過啊。」

「白天？」俊介問了之後，用力點了點頭，「就是你說我背後有蟲子的時候嗎？」

「嗯。」章太回答。

「這樣啊，我完全沒有發現。謝謝你，我會拿來用。」

「你特地來這裡，就是為了說這件事嗎？」

「對，就只是為了這件事。晚安。」

他正準備走出別墅時，章太叫了一聲：

「爸爸。」

「什麼事？」

「那個……回去的時候，你會和我，還有媽媽一起回去吧？我們不會分開回去吧？」

俊介凝視著繼子的臉。笑容已經從少年的臉上消失了，他露出了疑問的眼神。

「是啊。」俊介點了點頭，「我打算和你們一起回去。」

「太好了。」少年的臉上再次露出了笑容。

離開出租別墅，坐上車子後，俊介遲遲沒有發動引擎。他注視著黑夜。他在車上坐了超過十分鐘後，才終於轉動鑰匙，發動引擎。

但是，這次沒有駛過藤間的別墅而不入。他在停車場停好車子後，走下階梯。

沒想到有人站在玄關前。原來是美菜子。

「妳怎麼會在這裡？」

她的胸口劇烈起伏著。

「剛才兒子打電話給我，說你去找他。」

「然後呢？」

「所以我在想……也許你會回來。」

「……這樣啊。」俊介把行李袋放在地上，撥了撥頭髮說：「可能是章太殺了英里子。」

「啊？」美菜子抬頭看著他，瞪大了眼睛，「為什麼？」

「我忘了一件事。除了你們所說的複雜的動機，章太有更簡單的動機，」俊介注視著妻子的眼睛，「他想把父親從情婦手上搶回來。」

美菜子發出了驚叫。

「我也同樣有罪。」俊介說，「即使是章太幹的，也等於是我逼迫他下的手，所以絕對必須預防任何可能破壞他人生的事。」

「老公……」

「但是，做這件事需要決心，」他把手放在妻子的肩上，「需要很大的決心。恐怕需要好幾年，不，好幾十年的時間，屍體才會從湖底完全消失。在這段期間，我們都必須膽戰心驚地過日子。即使屍體消失，我們的靈魂也永遠無法離開這座湖的湖畔。」

「我知道。」

妻子小聲回答，伸手抱住了丈夫的後背。

專文推薦

暮色蒼茫——讀《湖畔的謊言》

作家．盧郁佳

●內容將提及小說部分內容，請斟酌閱讀

舊俄貴族地主靠奴隸勞動供養，廢奴後莊園沒落。契軻夫《凡尼亞舅舅》、《櫻桃園》都藉莊園主人欲振乏力，賓客各懷圖謀，寫出繁華落盡下的慾望與挫敗。雖然階級森嚴，僕婢私聊卻都把主子外遇看在眼裡。電影《謎霧莊園》藉英國貴族狩獵盛宴命案，揭露爵士外遇女僕，夫人勾引妹夫。謀殺推理、諷刺鬧劇的外衣下，是階級悲劇。

東野圭吾的《湖畔的謊言》（舊譯《湖邊凶殺案》），把貴族莊園的群像劇傳統推上高峰，結尾悲哀苦悶的空氣，有如擠在雨天傍晚塞車爆滿、體味雜陳的公車裡那樣令人窒息。讀者與其說找真凶，不如說一路在辯證元凶是藤間「升學主義出於父愛，是兒童應有的福利」，還是並木俊介「孩子該自由發展」、「正義大於親情」？父母該把孩子當成自己般主觀呵護，或是當成別人（不是親生）

般客觀尊重？

編劇阪元裕二推崇導演洪尚秀以大量日常閒聊推進，看似漫無目的，逐步托出主角內心的衝突焦慮。這方面《湖畔的謊言》堪稱大師手筆，平淡的對白，刀刀指向關鍵。全書每重讀一遍都更可怕。

並木太太嘆氣說：「我在出發前就已經告訴你了，你根本沒聽我說話。」並木俊介討好的笑：「原來是這樣啊。」

為什麼不聽太太講話？他一落單就忙著打手機，對方卻從來不接。太太說什麼他聽不見，因為他注意力都在別人身上。

稍後，並木俊介的部屬高階英里子來訪，誇讚：「住在這麼漂亮的別墅，真是太令人羨慕了。」俊介重申不是來玩，是考前衝刺：「我沒告訴妳嗎？」「我記得曾經和妳提過這件事。」

並木俊介不自覺重覆了太太的台詞（台下眾笑）。他注意力都在高階英里子身上，而高階英里子的注意力都在別事上。這食物鏈正是契軻夫群戲的絕技，從單戀者眼中看出去，沒有比意中人心有他屬更慘的了。誰知一慘還有一慘慘。

高階英里子誇讚度假別墅，看似奉承，其實垂涎想據為己有。並木俊介聲明是陪孩子來受苦，高階英里子反駁說，受苦的又不是大人。顯然她覺得孩子受苦，父母應該無感。

一起住別墅的建商關谷，提醒並木俊介該感激有他們幫忙棄屍。但藤間告訴關谷，並木俊介失去了重要他人，應該會悲傷。關谷才恍然大悟。說明關谷看待重要他人的態度很冷漠，是高階英里子的同類。

藤間告訴並木：「我們不需要努力，也能夠愛孩子，不需要任何理由，和你不一樣。」也宣判了並木俊介是高階英里子的同類。

藤間自認愛孩子，怕公立學校教太淺、埋沒了兒子。坂崎替兒子決定上足球課，又怕兒子拖累球隊。他們對兒子就很熱心，不冷漠。對吧？

┃

第一個舞台是夫妻。首先是所有人都在場時，一片祥和，藤間開玩笑自嘲怕太太，坂崎替大家端飲料。其次，有人不在場時，剩下的人就說他壞話。最後，兩兩獨處時，直言無諱，放飛自我。同一個話題貫穿這三層，就是並木俊介不擔心兒子落榜，太太常向人抱怨此事，並木只能唯唯諾諾。

並木俊介的主題是「迴避」。嘴上關心太太獨睡會不會怕，太太反問「若怕，你會不會留下陪我」，並木俊介不說「不」，而推說藤間會生氣。另一次，女友問他會不會娶她，並木俊介不說「會」，而說「所以才找妳調查」。那麼他會嗎？不，真正的他只會照顧自己的感受。自己犯錯沒關係，太太犯錯，他就要狠狠懲罰太太。此時他就是高階英里子，無法想像親子受苦的連帶。

並木夾著尾巴閃避衝突，院長藤間也裝作怕太太：「你這樣助長她的威風，我會很傷腦筋。」但一觸及升學，藤間便高人一等睥睨天下，認定兒子必須考上名校，父母的責任是盡力助兒子成功。弄得太太食不下嚥，擔憂兒子落榜，別人考上，該怎麼辦。她怕什麼？夫妻有一段拌嘴，藤間後悔別墅蓋小了，怪到太太頭上。其實太太只是附和他的決定，但他忘了。小說暗示，藤間不替自己的決定負責，就算自己把一桌菜都點完，一吃還會罵太太怎麼點這麼難吃。別墅象徵兒子，藤間決定怎麼做，決定不了勝負。只要結果不滿意，倒楣的還是太太。藤間的主題是「遷怒」，太太怕被遷怒，只能拚升學。

坂崎的主題是「切割」。他說兒子讀公立也行，「但考慮到一些人情的因素」，不得不考私立。不是我，是別人的錯。太太抱怨婆媳衝突，罹癌切除子宮卵巢，坂崎見死不救還自認委屈，說「太太已經不是女人」，虧待他守活寡。熱心稱讚藤間太太、殷勤服務三對夫妻和師生、猛追高階英里子，就是不願太太跟來別墅礙了好事。「人情因素」是什麼？父母都不重升學，兒子功課在四人中最差，兒子卻說考不好不行，可能是怕婆婆會以此更折磨媳婦。

第二個舞台是孩子。小說把舞台聚光燈打在父母身上，把兒子忘在觀眾席的黑暗中。後半部才寫兒子們，輕描淡寫帶過。看似全知觀點，實是父母視角看兒子，受限於欲望，一切為兒子，兒子卻是布景道具。

這齣貴族莊園劇裡，父母是貴族，孩子是僕人，貴族看不見他們，他們卻把貴族看得透徹。

和成人的表面親善相反，孩子之間沒有橫向連帶，只有厭煩、無視，說明活著就是地獄。父母都沒在關心兒子，兒子們要去哪裡學會關心朋友。鏡頭推軌掠過四家的親子互動，各懷鬼胎，困窘遲疑。藤間夫妻想問兒子又不敢問，互相跳針說兒子怪怪的。讀第二遍才知道，兒子也想問爸媽又不敢問。

爸媽們反常怯生生，知疼著熱，關注起兒子們的心情：「不是終於可以玩了嗎？」兒子們卻覆誦爸媽平日的耳提面命「今天真的不用上課嗎」、「如果考不上學校不是就很慘嗎」、「即使上了中學，也不能鬆懈，不能整天都顧著玩」，平淡中見悚慄。兒子們內化了藤間的弱肉強食叢林法則，木已成舟，異形黑卵破殼孵化。

第三個舞台是妻子和母親。像照本宣科的中階主管，把上級（丈夫）壓力傳遞給基層（兒子）執行，嘴上雖抱怨，身體很聽話。妻兒就是小說未寫的，海面下的冰山，挖空肉身映照出父輩噬咬的血盆大口。

藤間內心是莊園群像劇中沒落的貴族，打腫臉充胖子。嘴上說「因為是我的兒子，一定考得上」，卻自知是冒牌貨，借來的體面眼看要變成恥辱。表裡落差懸殊，深不可觸，逼著太太捨己填壑。

為了假裝考上，必須太太犧牲。為了假裝太太沒犧牲，必須太太再犧牲一遍。初讀以為是太太為安撫自己犯罪感所作的決定，讀了同感椎心刺骨。讀第三遍，驚見是先生不甘委屈所作的決定，讀了難以置信。藤間、關谷、坂崎只想到自己。並木俊介看著他們，才會發現自己的黑暗面。

開頭並木俊介活在雲端不染塵埃，沒有嘗過當先生的恐懼，相信離婚懲罰太太外遇就能撫平怒火。沒有嘗過當父親的恐懼，以外人的客觀中立，主張自由放任。

站著說話不腰疼，追查到最後，他終於懂了恐懼的滋味。

希臘悲劇《伊底帕斯王》中，太陽神廟預言，底比斯剛誕生的王子將弒父娶母，國王遂棄嬰荒山。多年後，國王遇害，新王伊底帕斯娶王后登基。原來伊底帕斯是當年棄嬰，鄰國國王養大後，太陽神廟說他將弒父娶母，他便逃離父母。底比斯王微服出巡，伊底帕斯一言不合殺了他。兜了一圈，仍逃不過弒父娶母。

《湖畔的謊言》像《伊底帕斯王》般精巧錯位。人們說並木俊介是罪魁禍首，他要追查證明清白。最後發現，罪魁禍首竟是他自己。四顧暮色蒼茫，雖然悲涼，卻負起了藤間未承擔的責任。無須畏懼，不是逢魔時刻，是認清了自己所不知的自己。而讀者悚然發現，過去司空見慣的父母形象，是多麼靜默、理所當然的暴力。東野圭吾血仍未冷，腕底風雷，俠情萬丈。

國家圖書館出版品預行編目資料

湖畔的謊言 / 東野圭吾著 ; 王蘊潔譯 . -- 初版 . --
臺北市 : 皇冠 , 2025.01 面 ; 公分 . --（皇冠叢書 ;
第 5200 種)(東野圭吾作品集 ;46)
譯自 : レイクサイド

ISBN 978-957-33-4237-3(平裝)

861.57 113018818

皇冠叢書第 5200 種
東野圭吾作品集 46

湖畔的謊言

レイクサイド

作　　者—東野圭吾
譯　　者—王蘊潔
發 行 人—平　雲
出版發行—皇冠文化出版有限公司
台北市敦化北路 120 巷 50 號
電話◎ 02-27168888
郵撥帳號◎ 15261516 號
皇冠出版社 (香港) 有限公司
香港銅鑼灣道 180 號百樂商業中心
19 字樓 1903 室
電話◎ 2529-1778 傳真◎ 2527-0904
總 編 輯—許婷婷
責任編輯—黃雅群
內頁設計—李偉涵
行銷企劃—蕭采芹
著作完成日期— 2002 年
初版一刷日期— 2025 年 1 月
初版三刷日期— 2025 年 6 月
法律顧問—王惠光律師

讀者服務傳真專線◎ 02-27150507
電腦編號◎ 527047
ISBN ◎ 978-957-33-4237-3
Printed in Taiwan
本書定價◎新台幣 380 元 / 港幣 127 元